Gütersloher Taschenbücher / Siebenstern 893

GTB · Märchen
Hg. von Dietrich Steinwede und Johann Friedrich Konrad mit Spielanregungen von Wolfgang Longardt

GTB 880 *Wo die Sonne übernachtet.* Schöpfungsmärchen der Völker. Hg. von Dietrich Steinwede, 3. Auflage.

GTB 881 *Wie das Leben durch die Welt wanderte.* Märchen der Menschen von Tod und Leben. Hg. von Dietrich Steinwede, 3. Auflage.

GTB 882 *Wo die Blume zu finden ist.* Märchen der Völker von Liebe und Treue. Hg. von Johann Friedrich Konrad, 3. Auflage.

GTB 883 *Wenn alte Adler wieder jung werden.* Märchen der Menschen von Befreiung und Erlösung. Hg. von Johann Friedrich Konrad, 2. Auflage.

GTB 884 *Warum die Taube das Ölblatt nahm.* Gott im Märchen der Völker. Hg. von Dietrich Steinwede, 2. Auflage.

GTB 885 *Weisheit, List und Schelmerei.* Humor im Märchen der Völker. Hg. von Dietrich Steinwede.

GTB 886 *Wo die Flöte ertönt.* Märchen der Völker von Musik, Tanz und Spiel. Hg. von Johann Friedrich Konrad.

GTB 888 *Wenn die Vögel nicht mehr singen.* Märchen der Völker von der bedrohten Schöpfung. Hg. von Dietrich Steinwede.

GTB 889 *Wenn Träume sich erfüllen.* Märchen vom Wunderbaren im Alltag. Hg. von Dietrich Steinwede.

GTB 890 *Wenn die Streitaxt begraben wird.* Märchen der Menschen vom Frieden. Hg. von Dietrich Steinwede.

GTB 891 *Zauberwald und Blütentraum.* Märchen der Völker von Blume und Baum. Hg. von Dietrich Steinwede.

GTB 892 *Die Reise durchs Nadelöhr.* Märchen der Völker von Weg und Tür. Hg. von Johann Friedrich Konrad.

Lebensquell und Flammenbaum

Märchen der Völker von Wasser und Feuer

Herausgegeben von Dietrich Steinwede
mit Spielanregungen von Wolfgang Longardt

Gütersloher Verlagshaus
Gerd Mohn

Originalausgabe

CIP-Titelaufnahme der Deutschen Bibliothek

Lebensquell und Flammenbaum: Märchen der Völker von Wasser und Feuer / hrsg. von Dietrich Steinwede. Mit Spielanregungen von Wolfgang Longardt. – Gütersloh: Gütersloher Verl.-Haus Mohn, 1989
(Gütersloher Taschenbücher Siebenstern; 893: GTB-Märchen)
ISBN 3-579-00893-5
NE: Steinwede, Dietrich [Hrsg.]; GT

ISBN 3-579-00893-5

Umschlagentwurf: Dieter Rehder, Aachen, unter Verwendung einer Illustration von Mouche Vormstein, München
Gesamtherstellung: Clausen & Bosse, Leck
Printed in Germany

Inhalt

Zur Einführung

Still sitzen sie da, die Knaben und Männer.
Und auf dem Wasser blitzt die Sonne.
Wassergräser und Schilf drängen ans Licht.
Schäumendes Wasser quillt aus den Wasserstellen hervor.
Die Erde trinkt ...
Alles versickert, alles verschwindet, alles lebt weiter.
Australisches Märchen

Sie stand an einer Quelle,
aus der das wunderbare Wasser des Lebens sprudelte.
Tagtäglich tranken Götter an dieser Quelle.
Das Wasser heilte von Krankheiten
und mancherlei Übel.
Über die Quelle geneigt stand ein sprechender Baum.
Märchen der Südsee

Franziskus wollte keinen Baum abschlagen,
das Feuer nicht kränken,
das Wasser nicht auf der Erde vergeuden;
das sind die letzten Folgerungen
aus dem von Christus gestifteten Verhältnis zur Welt.
Reinhold Schneider

Schenk uns Feuer,
das uns teuer.
Sei uns nütze,
schenk uns Hitze.
Märchen der Südsee

Ach wie flüchtig, ach wie nichtig
sind der Menschen Schätze.
Es kann Glut und Flut entstehen,

dadurch, eh' wir uns versehen,
alles muß zu Trümmern gehen.
Michael Franck

Unser Gott ist ein zehrendes Feuer.
Hebräer 12,29

Mit dem Wasser lebt der Mensch, mit dem Feuer allzumal. Beide Elemente hat er gebändigt, beide bedrohen ihn immer von neuem mit Urgewalt. Die alles verschlingende Urflut (Sintflut) Wasser wird in den Märchen und Mythen der Völker ebenso beschworen wie seine geheimnisvoll quellklare lebensspendende Kraft. Und vom Feuer gibt es wunderbar schwingende Erzählungen: Hier ist es rot und gelb, mit seiner singenden Stimme dem Menschen dienstbar. Dort kann es lodernd ausbrechen, sich ausbreiten, alles hinwegfressen.

Voller Zauber zu bannen vermögen beide Elemente. Wasser kann Segen spenden, kann heilen, erlösen. Feuer lockt den Duft aus dem Essen hervor, macht es gut für die Zunge und warm für den Magen (Südseemärchen). Feuer, so ein anderes Märchen dieser Sammlung, kann sich gar an einem lebendigen menschlichen Herzen entzünden.

Symbol für Vernichtung wie für Rettung sind uns beide Urelemente. Beides fangen die Märchen der Welt poetisch ein.

Mit einem Sintflutmythos der Indios beginnt die Sammlung. Nach dem weltvernichtenden Flutverhängnis wächst aus einer kleinen Bohne der neue Anfang der kreatürlichen Welt. Buschmänner aus dem Südwesten Afrikas beschwören den herabflutenden Regen als eine Gottheit, die auch zürnen kann (›Das Lied des Zauberregens‹). In Eichendorffs ›Märchen vom Wassermann‹ zeigt das Wasser seine dunkel-geheimnisvolle Macht: Der schauerliche Wassermann reißt das leichtsinnig-lebenslustige Burgfräulein in die abgründige Tiefe. In dem tschechischen Märchen ›Der Fischer und die Donaunixe‹ erliegt der junge Fischer den Verführungskünsten des hinreißend schönen Wasserweibes. Und in ›Kemanta‹ wird der gleichnamige wasserscheue Indiojunge, der Verlockung des guten Meergeistes folgend, in einen Delphin verwandelt. »Ich habe Ströme gekannt, alt wie die Welt, alte dunkle Ströme«, sagt Langston Hughes.

Und die Apfelblüte hat ihr Geheimnis: Im böhmischen Märchen ›Das Mädchen aus dem Apfelbaum‹ findet der junge König die verzauberte Liebste zunächst in einem Apfel, dann in einer Apfelblüte. Wasser der Erlösung hat den Zauber zunichte gemacht. Das korsische Märchen ›Die Rosenwasserquelle‹ kleidet das Motiv vom Erlösungswasser in das Gewand einer Marienlegende. Und die indianische Erzählung ›Schawenis und das Wasser des Lebens‹ läßt den Liebenden die tödliche Verletzung durch das geliebte Mädchen nicht achten. Als die selbstsüchtig-hochfahrende Schöne auf den Tod daniederliegt, sucht und findet er für sie das lebensrettende Naß. Als Unsterblichkeitsgarantie jedoch ist das Wasser des Lebens im gleichnamigen Märchen von J. A. Liebeskind (1786) dem weisen König Salomo nicht willkommen: »Ich will nicht ewig in diesem Tal der Torheit bleiben.«

Poesie des Wassers – Poesie des Feuers: ›Warnung vor dem Feuer‹ heißt das kleine chinesische Märchen, das ganz unmittelbar von der Gefahr, die dem Menschen durch eine plötzliche, sein Haus verzehrende Feuersbrunst droht, erzählt. Woher das Feuer kommt, das weiß ein litauisches Tiermärchen: Der Blitz hat es in die Sykomore geschleudert. Und die Tiere entdecken seine Freundlichkeit, aber auch, daß es Schmerz bereiten kann (›Wie die Tiere das Feuer bekamen‹). ›Wie die Menschen das Feuer bekamen‹, davon nun wiederum erzählt man in der Südsee: Durch den Grund des Flusses Mkong ist ein Mann in ein fernes Reich hinabgetaucht, hat von dort das züngelnde Element seinen Mitmenschen gebracht, die von jetzt an das Fleisch der Tiere nicht mehr roh essen müssen, die von jetzt ab des Nachts um eine wärmende Mitte sich versammeln können, zu plaudern und zu kauen.

Urphänomen Feuer: Ist es entfesselt, dann brüllen die Flammen in entsetzlicher Wut, alles in eine glühende Umarmung einzuschließen. Darüber belehrt das afrikanische Märchen ›Der Elefant und das Feuer‹. Doch auch aus verbrannter Erde kann Neues wachsen, in der Prärie z. B. eine schlanke Pflanze mit gelbem Fruchtkolben, so das Indianermärchen ›Feuerbrand und Mais‹. Fehlt das Feuer, so regieren Kälte und Tod. Mit ›Das kleine Mädchen und das Schwefelhölzchen‹ bewegt Hans Christian Andersen unser Herz stets von neuem. Visionen von Wärme und Licht scheinen die Not zu verklären. Doch es bleibt die bittere Wahrheit: Das kleine Mädchen erfriert in der Neujahrsnacht.

»Heilig ist das Feuer. Sei freundlich zu ihm. Du darfst es nicht beleidigen.« Zu den schönsten Beispielen dieser Sammlung zählt das sibirische Märchen von der Frau, die für den Wiedergewinn des verlorenen Feuers ihr Leben hingibt: »Wenn das Feuer erlischt, ist es, als wäre die Sonne erloschen« (›Wie das Feuer sich an einem lebendigen Herzen entzündete‹).

Ins Mythische zurück führen ›Die zerstrittenen Hüter des Feuers‹ (litauisches Volksmärchen). Als unsterbliche Schmiede der Unterwelt – sie sind Brüder – haben diese Hüter den Menschen das Feuer geschenkt. Mit Menschenfrauen zeugen sie Söhne und Töchter. Doch über deren Schicksal geraten sie in Streit. Zweikampf droht – allerdings erst, wenn alle Sterne am Himmel verbrannt sind. Dies tritt nicht ein. Indes klingt der Schlußsatz des Märchens wie eine Mahnung an uns und unsere Welt mit ihren kosmischen Vernichtungsmöglichkeiten: »Geben wir nun acht, daß die Sterne niemals verbrennen, daß ihr Licht niemals erlischt.«

Mythisch auch das Indianermärchen, in dem es um (schließlich behobene) Spannungen im Naturkreislauf von Sonne, Wasser und Wolke geht (›Der Zauberer Großes Feuer, Weiße Wolke und Schnee‹). Antik-mythisch das abschließende griechische Märchen von Phaethon, dem Sohn des Sonnengottes Helios, der, als er mit dem himmlischen Feuerwagen ›Sonne‹ zur Erde hin abstürzt, durch einen rasch geschleuderten Blitzstrahl des Göttervaters Zeus getötet wird, damit die Welt der Menschen nicht in einem Feuersturm ohnegleichen untergeht. »Wer ist unter uns, der bei verzehrendem Feuer wohnen kann?« (Jesaja 33,12).

Feuer und Wasser, »bleibende Symbole für Vernichtung wie Rettung« (G. Heinz-Mohr), Ursymbole. Ein weiter Bogen spannt sich: Mein Herz kann Feuer fangen. Gott offenbart sich im Feuer (Dornbusch). »Und die Herrlichkeit des Herrn war anzusehen wie ein verzehrendes Feuer« (2. Mose 24,17). »Er wirft das Feuer auf die Erde und will, daß es brennt« (W. Willms). »Und das ist Leben: So hell als möglich eine Weile brennen‹ (R. M. Rilke). Feuer, »mit allem Holz nicht satt zu kriegen«, begegnet uns apokalyptisch in der Glut der Atombombe, höllisch in den Verbrennungsöfen von Auschwitz, vom Himmel stürzend über Sodom und Gomorra. Und doch ist es göttlich: wärmend, erleuchtend, nährend, heilig, die »am wenigsten unvollkommene Darstellung Gottes« (G. Heinz-Mohr), als pfingstliche Flamme Symbol lebendigen Geistes.

Wasser: Vom Himmel stürzt es, und die Welt ersäuft. Feindlich ist es, im Strudel alles verschlingend, und dennoch Urelement des Lebens in Natur und Kreatur. »Des Menschen Seele gleicht dem Wasser« (J. W. von Goethe). Gütig ist es, reinigend, rettend: »Weich ist die Mutter, noch weicher das Meer. Es wiegt mich die Welle hin und her« (Südseemärchen). Es ist Lebens- und Segenswasser, Wasser in Gottes Brunnen, Wasser der Fußwaschung, Gotteswasser der Taufe. »Nur wer aus Wasser und Geist geboren wird, kann in Gottes neue Welt hineinkommen« (Johannes 3,5).

Feuer und Wasser: Da setzen sie sich im Kreise nieder und beginnen zu erzählen: »Märchen, ich pflanze und gieße dich, daß du groß und schön wirst. Märchen, ich lege dich auf brennende Scheite und backe dich knusprig, daß du duftest wie eine Brotfrucht ...«

Godesberg, Pfingsten 1989 *Dietrich Steinwede*

I. Wasser - mythisch

Das Meer tobt. Es tobt und tost mit Gebrüll
(Psalm 93,3)

Die große Sintflut

Als die Erde noch jung war, lebte in einer Hütte ein kleiner Junge, der hieß Hikuli. Außer der Hütte hatten ihm seine Eltern, die schon lange tot waren, ein kleines Feld hinterlassen, das Hikuli mit Bohnen bebaute. Aber von den reifen Bohnen blieb ihm kaum etwas, denn habgierige Nachbarn nahmen ihm jedes Jahr den größten Teil der Ernte weg. Darum entschied der Waisenknabe eines Tages, in den Urwald zu gehen. Dorthin würde ihm keiner folgen, dachte er. So nahm er die wenigen Bohnen, die er gerade noch besaß, und machte sich auf den Weg.

Zu Anfang hatte er es auch nicht schlecht. Am Tag ging er auf die Jagd, und am Abend stieg er in die Krone eines Laubbaumes, in der er sein Nachtlager hatte. Doch Hikulis ruhiges Leben war auch hier nicht von langer Dauer. Eines Tages fanden ihn Jäger aus einem entfernt gelegenen Dorf und nahmen ihm seine Jagdbeute ab. Und von diesem Tag an kamen sie immer wieder und nahmen, was sie bei ihm fanden. Hikuli war ratlos, denn Hunger tut weh. »Ich muß noch weiter weggehen, dorthin, wo mich niemand aus dem Dorf findet«, entschied er schließlich und machte sich sogleich auf den Weg.

Der Urwald war unermeßlich groß, und Hikuli mußte lange gehen, bis er endlich eine Lichtung fand. Als er sich überzeugt hatte, daß weit und breit keine Menschenseele wohnte, machte er sich ans Werk. Er errichtete eine Hütte aus Zweigen, riß Buschwerk und Gras aus und steckte seine Bohnen, eine nach der anderen, in den Boden. Als er aber die letzte Bohne stecken wollte, tat sich die Erde auf, und aus der Öffnung trat eine Riesin. Ihre Gestalt war mit Schuppen bedeckt, und ihre Finger ähnelten den

Fangarmen der Kraken. Sie schaute aus ihren runden Fischaugen den Knaben an und sagte mit donnernder Stimme: »Hebe die letzte Bohne auf, Hikuli, denn ich werde die ganze Erde überfluten, und nur diese Bohne wird dich vor dem Verhungern bewahren.«

»Wer bist du, und warum willst du die Erde überfluten?« fragte der Knabe tapfer.

»Ich bin Nakava«, sagte die Riesin, »und wache darüber, daß in der Natur Gerechtigkeit herrscht. Du selbst hast dich schon vom Gegenteil überzeugt, als dir die Stärkeren alles wegnahmen. Unter den Tieren ist es nicht anders, der Stärkere tötet den Schwächeren. Und deshalb schicke ich die Sintflut auf die Erde.«

»Aber wie kann ich mich retten?« rief Hikuli.

»Siehst du den kleinen Baum? Man nennt ihn Seiba. Wenn die Wasser zu steigen beginnen, so klettere auf diesen Baum«, sagte Nakava und verschwand in der Erdöffnung, die sich sogleich wieder schloß.

Mißtrauisch schaute Hikuli erst auf die Bohne in seiner Hand und dann auf das kleine Bäumchen, das ihn retten sollte. Es war so klein, und es gab doch rundum viele andere große, starke Bäume ... Weil er aber müde war, überlegte er nicht weiter, legte sich hin und schlief ein. Er schlief tief und fest und wußte nicht, daß Nakava gerade den Mond ins Meer warf, damit die Wasser ihre Ufer verlassen und das ganze Land überfluten sollten.

Das Rauschen der Wasser aber weckte den Knaben noch rechtzeitig, so daß er den Baum Seiba erreichen und hinaufklettern konnte. In den Zweigen des kleinen Baumes war es trocken und warm, und der Knabe schlief bald wieder ein. Die Fluten stiegen über den Urwald und stiegen über die Berge, nur Seiba ragte aus dem Wasser heraus und wuchs mit den Fluten.

Auf der Erde gab es nur Wasser, den Baum Seiba und den schlafenden Knaben. Und das begriff Hikuli, als er erwachte, und vor Angst, in die stürzenden Fluten zu fallen, machte er keine einzige Bewegung. Lange wartete er auf dem Baum, – lange, bis Nakava den Mond wieder am Himmel emporsteigen ließ.

Kaum aber schien der Mond am Himmel, da sanken die Wasser, da verwandelten sich reißende, wilde Ströme wieder in kleine

Wildbäche, da konnte der Knabe vom Baume hinunterspringen. Weit und breit war kein Vogel zu sehen, weit und breit kein Grashalm. Da nahm der Knabe seine Bohne und pflanzte sie in den feuchten Boden und wartete geduldig, daß sie wachsen möge. Wußte er doch, daß Nakava dies wünschte.

Märchen der Indios

Das Lied des Zauberregens

Als es dunkel wurde, nahm der Junge sein Instrument und spielte das Lied, das er heimlich dem klugen, alten Magier abgelauscht hatte. Er vergaß alles um sich herum und schien nicht einmal zu bemerken, daß Wolken näher kamen und es zu regnen begann.

Nur seine Mutter wurde aufmerksam und warnte ihn: »Du spielst das Lied des Zauberers, der auch den Regen macht. Es ist das gleiche Lied, das auch die Gottesanbeterin spielt. Du darfst es nicht spielen!« Aber der Junge kümmerte sich nicht um sie und strich weiter sein Instrument.

»Weißt du denn nicht, daß der Regen böse wird?« sagte die Mutter noch einmal. »Daß er Donner und Blitz zu uns schicken kann?«

Der Regen hatte alles mit angehört. Er grollte. Er sann auf Rache und ließ sich bald schwer in die Gesichter der Menschen fallen. Sie wurden von ihm durchdrungen, schnappten verzweifelt nach Luft und schrien um Hilfe. Bald konnten sie nichts mehr erkennen. Ein grüner Punkt breitete sich in ihren Augen aus, wurde immer größer und schien bald ihren ganzen Körper auszufüllen. Der Regen fiel mit aller Macht über sie her und durchnäßte sie, schreckte sie mit Blitz und Donner und schüttelte sie. Die ganze Erde schien zu zittern, aber es waren nur die Menschen, die erzitterten.

Die Frau schrie. Sie hatte Angst. »Hast du dir weh getan?« fragte ihr Mann. »Der Sturm hat mich angefaßt«, klagte sie, »er will mich vernichten, er reißt mir die Haut vom Leibe!« Ihr schmerzerfülltes Geschrei wurde vom Donner verschluckt. »Es ist allein unsere Schuld, daß uns dies geschehen mußte. Der Regen ist erzürnt. Unser Junge hat nicht gehorchen wollen, als ich ihn warnte. Er hätte das Lied des Regens nicht spielen dürfen!«

Es dauerte lange, bis es endlich ruhiger wurde, bis Donner und Blitz verschwanden und der Regen nur noch sanft auf die Erde herniederfiel.

Die Menschen erkannten, daß sie nur mit knapper Not der Strafe des allmächtigen Regens entgangen waren. Von nun an schworen sie sich, nie wieder das Lied des großen Zauberers zu spielen.

Märchen der Buschmänner

II. Im Zauberbann des Wassers

Es hatten mich umfangen die Wogen des Todes
(2. Samuel 22,5)

Das Märchen vom Wassermann

Es war einmal ein Ritter, der lebte tief im Walde auf seiner alten Burg in geistlichen Betrachtungen und strengen Bußübungen. Kein Fremder besuchte den frommen Ritter, alle Wege zu seiner Burg waren lange mit hohem Grase überwachsen, und nur das Glöcklein, das er bei seinen Gebeten von Zeit zu Zeit zog, unterbrach die Stille und klang in hellen Nächten weit über die Wälder weg. Der Ritter hatte eine junge Tochter, die ihm viel Kummer machte, denn sie war ganz anderer Sinnesart als ihr Vater, und all ihr Trachten ging nur auf weltliche Dinge. Wenn sie abends am Spinnrocken saß und er ihr aus seinen alten Büchern die wunderbaren Geschichten von den heiligen Märtyrern vorlas, dachte sie immer heimlich bei sich: »Das waren wohl rechte Toren«, und hielt sich für weit klüger als ihr alter Vater, der alle die Wunder glaubte. Oft, wenn ihr Vater weg war, blätterte sie in den Büchern und malte den Heiligen, die darin abgebildet waren, große Schnurrbärte.

Sie war sehr schön und klüger als alle die anderen Kinder in ihrem Alter, weswegen sie sich auch immer mit ihnen zu spielen schämte, und wer mit ihr sprach, glaubte eine erwachsene Person reden zu hören, so gescheit und künstlich waren alle ihre Worte gesetzt. Dabei ging sie bei Tag und Nacht ganz allein im Walde umher, ohne sich zu fürchten, und lachte immer den alten Burgvogt aus, der ihr schauerliche Geschichten vom Wassermann erzählte. Gar oft stand sie dann am blauen Flusse im Walde und rief mit lachendem Munde: »Wassermann soll mein Bräutigam sein, Wassermann soll mein Bräutigam sein!«

Als nun der Vater zum Sterben kam, rief er die Tochter zu seinem Bette und übergab ihr einen großen Ring, der war sehr schwer von reinem Golde gearbeitet. Er sagte dabei zu ihr: »Dieser Ring ist vor uralten Zeiten von einer kunstreichen Hand verfertigt worden. Einer deiner Vorfahren hat ihn in Palästina mitten im Getümmel der Schlacht erfochten. Dort lag er unter Blut und Staub auf dem Boden, aber er blieb unbefleckt und glänzte so hell und durchdringlich, daß sich alle Rosse davor bäumten und keines ihn mit seinem Hufe zertreten wollte. Alle deine Ahnen haben den Ring getragen, und Gott hat ihren frommen Ehestand gesegnet. Nimm du ihn auch hin und betrachte ihn alle Morgen mit rechten Sinnen, so wird sein Glanz dein Herz erquicken und stärken. Wenden sich aber deine Gedanken und Neigungen zum Bösen, so verlöscht sein Glanz mit der Klarheit deiner Seele und wird dir gar trübe erscheinen. Bewahre ihn treu an deinem Finger, bis du einen tugendhaften Mann gefunden. Denn welcher Mann ihn einmal an seiner Hand trägt, der kann nicht mehr von dir lassen und wird dein Bräutigam.« – Bei diesen Worten verschied der alte Ritter.

Ida blieb nun allein zurück. Ihr war längst angst und bange auf dem alten Schlosse gewesen, und da sie jetzt ungeheure Schätze in den Kellern ihres Vaters vorfand, so veränderte sie sogleich ihre Lebensweise. Die dunklen Bogen, Tore und Höfe der alten Burg wurden niedergerissen, und ein neues, lichtes Schloß mit blendendweißen Mauern und kleineren lustigen Türmchen erhob sich bald über den alten Steinen. Ein großer, schöner Garten wurde daneben angelegt, an dem der blaue Fluß vorüberfloß. Da standen tausenderlei hohe, bunte Blumen, Wasserkünste sprangen dazwischen, und zahme Rehe gingen darin spazieren. Der Schloßhof wimmelte von Rossen und reichgeschmückten Edelknaben, die lustige Lieder auf ihr schönes Fräulein sangen. Sie selber war nun schon groß und außerordentlich schön geworden. Von Ost und West kamen daher nun reiche und junge Freier angezogen, und die Straßen, die zum Schlosse führten, blitzten von blanken Reitern, Helmen und Federbüschen.

Das gefiel dem Fräulein gar wohl; aber so gern sie auch alle Männer hatte, so mochte sie doch mit keinem einzigen ihren Ring auswechseln, denn jeder Gedanke an die Ehe war ihr lächerlich und verhaßt. »Was soll ich«, sagte sie zu sich selbst, »meine schöne Jugend verkümmern, um in abgeschiedener, langweiliger Einsamkeit eine armselige Hausmutter abzugeben, da ich jetzt so frei bin wie der Vogel in der Luft.« Dabei kamen ihr alle Männer gar dumm vor, weil sie entweder zu unbeholfen waren, ihrem müßigen Witze nachzukommen, oder auf andere hohe Dinge stolz taten, an die sie nicht glaubte. Und so betrachtete sie sich in ihrer Verblendung als eine reizende Fee unter verzauberten Bären und Affen, die nach ihrem Winke tanzen und aufwarten mußten. Der Ring wurde indes von Tag zu Tag trüber.

Eines Tages gab sie ein glänzendes Bankett. Unter einem prächtigen Zelte, das im Garten aufgeschlagen war, saßen die jungen Ritter und Frauen um die Tafel, in ihrer Mitte das stolze Fräulein gleich einer Königin, und ihre witzigen Redensarten überstrahlten den Glanz der Perlen und Edelgesteine, womit ihr Hals geschmückt war. Recht wie ein wurmstichiger Apfel, so schön und betrüglich war sie anzusehen. Der goldene Wein kreiste, die Ritter schauten kühner, üppig lockende Lieder zogen hin und wider im Garten durch die sommerlaue Luft. Da fielen Idas Blicke zufällig auf ihren Ring. Der war auf einmal finster geworden, und sein verlöschender Glanz tat nur eben noch einen seltsamen, dunkelglühenden Blick auf sie. Sie stand schnell auf und ging an den Abhang des Gartens. »Du einfältiger Stein sollst mich nicht länger mehr stören!« sagte sie in ihrem Übermute lachend, zog den Ring vom Finger und warf ihn in den Strom hinunter. Er beschrieb im Fluge einen hellschimmernden Bogen und tauchte sogleich in den tiefsten Abgrund hinab. Darauf kehrte sie wieder in den Garten zurück, aus dem die Töne wollüstig nach ihr zu langen schienen.

Am anderen Tage saß Ida allein im Garten und sah in den Fluß hinunter. Es war gerade um die Mittagszeit. Alle Gäste waren fortgezogen, die ganze Gegend lag still und schwül. Einzelne seltsam gestaltete Wolken zogen langsam über den dunkelblauen Himmel; manchmal flog ein plötzlicher Wind über die Gegend, und dann war es, als ob die alten Felsen und die alten Bäume sich über den Fluß unten neigten und miteinander über sie besprächen. Ein Schauer überlief Ida. Da sah sie auf einmal einen schönen, hohen Ritter, der auf einem schneeweißen Roß die Straße hergeritten kam. Seine Rüstung und sein Helm waren wasserblau, eine wasserblaue Binde flatterte in der Luft, seine Sporen waren von Kristall. Er grüßte sie freundlich, stieg ab und kam zu ihr. Ida schrie laut auf vor Schreck, denn sie erblickte den alten, wundertätigen Ring, den sie gestern in den Fluß geworfen hatte, an seinem Finger und dachte sogleich daran, was ihr der Vater auf dem Totenbette prophezeit hatte. Der schöne Ritter zog sogleich eine dreifache Schnur von Perlen hervor und hängte sie dem Fräulein um den Hals, dabei küßte er sie auf den Mund, nannte sie seine Braut und versprach, sie heute abend heimzuholen. Ida konnte nichts antworten, denn es kam ihr vor, als läge sie in einem Schlafe, und doch vernahm sie den Ritter, der in gar lieblichen Worten zu ihr sprach, ganz deutlich und hörte dazwischen auch den Strom, wie über ihr, immerfort verworren dareinrauschen. Darauf sah sie den Ritter sich wieder auf seinen Schimmel schwingen und so schnell in den Wald zurücksprengen, daß der Wind hinter ihm dreinpfiff.

Als es gegen Abend kam, stand sie in ihrem Schlosse am Fenster und schaute in das Gebirge hinaus, das schon die graue Dämmerung zu überziehen anfing. Sie sann hin und her, wer der schöne Ritter sein möge, aber sie konnte nichts herausbringen. Eine nie gefühlte Unruhe und Ängstlichkeit überfiel dabei ihre Seele, die immer mehr zunahm, je dunkler draußen die Gegend wurde. Sie nahm die Zither, um sich zu zerstreuen. Es fiel ihr ein altes Lied ein, das sie als Kind oft ihren Vater in der Nacht, wenn sie manchmal erwachte, hatte singen hören. Sie fing an zu singen:

Obschon ist hin der Sonnenschein
Und wir im Finstern müssen sein,
So können wir doch singen
Von Gottes Güt' und seiner Macht,
Weil uns kann hindern keine Nacht,
Sein Loben zu vollbringen.

Die Tränen brachen ihr hierbei aus den Augen, und sie mußte die Zither weglegen, so weh war ihr zumute.

Endlich, da es draußen schon ganz finster geworden, hörte sie auf einmal ein großes Getöse von Pferdehufen und fremden Stimmen. Der Schloßhof füllte sich mit Windlichtern, bei deren Schein sie ein wildes Gewimmel von Wagen, Pferden, Rittern und Frauen erblickte. Die Hochzeitsgäste verbreiteten sich bald in der ganzen Burg, und sie erkannte alle ihre Bekannten, die auch letzthin auf dem Bankett bei ihr gewesen waren. Der schöne Bräutigam, wieder ganz in wasserblaue Seide gekleidet, trat zu ihr und erheiterte gar bald ihr Herz durch seine anmutigen und süßen Reden. Musikanten spielten lustig, Edelknaben schenkten Wein herum, und alles tanzte und schmauste in freudenreichem Schalle.

Während des Festes trat Ida mit ihrem Bräutigam ans offene Fenster. Die Gegend war unten weit und breit still wie ein Grab, nur der Fluß rauschte aus dem finsteren Grunde herauf. »Was sind das für schwarze Vögel«, fragte Ida, »die da in langen Scharen so langsam über den Himmel ziehen?« – »Sie ziehen die ganze Nacht fort«, sagte der Bräutigam, »sie bedeuten deine Hochzeit.« – »Was sind das für fremde Leute«, fragte Ida wieder, »die dort unten am Flusse auf den Steinen sitzen und sich nicht rühren?« – »Das sind meine Diener«, sagte der Bräutigam, »die auf uns warten.« Unterdes fingen schon lichte Streifen an, am Himmel aufzuziehen, und aus den Tälern hörte man von fern Hähne krähen. »Es wird so kühl«, sagte Ida und schloß das Fenster. »In meinem Hause ist es noch viel kühler«, erwiderte der Bräutigam, und Ida schauerte unwillkürlich zusammen.

Darauf faßte er sie beim Arme und führte sie mitten unter den lustigen Schwarm zum Tanze. Der Morgen rückte indes immer näher, die Kerzen im Saale flackerten nur noch matt und löschten zum Teil gar aus. Während Ida mit ihrem Bräutigam tanzte, bemerkte sie mit Grausen, daß er immer blasser ward, je lichter es wurde. Draußen vor den Fenstern sah sie lange Männer mit seltsamen Gesichtern ankommen, die in den Saal hereinschauten. Auch die Gesichter der übrigen Gäste und Bekannten veränderten sich nach und nach, und sie sahen alle aus wie Leichen. »Mein Gott, mit wem habe ich so lange Zeit gelebt?« rief sie aus. Sie konnte vor Ermattung nicht mehr fort und wollte sich loswinden, aber der Bräutigam hielt sie fest um den Leib und tanzte immerfort, bis sie atemlos auf die Erde hinstürzte.

Frühmorgens, als die Sonne fröhlich über das Gebirge schien, sah man den Schloßgarten auf dem Berge verwüstet, im Schlosse war kein Mensch zu finden, und alle Fenster standen weit offen. Die Reisenden, die bei hellem Mondenschein oder um die Mittagszeit am Fluß vorübergingen, sahen oft ein junges Mädchen sich mitten im Strome mit halbem Leibe über das Wasser emporheben. Sie war sehr schön, aber totenblaß.

Joseph von Eichendorff

Der Fischer und die Donaunixe

Zu jener Zeit, als die klaren Wasser der Donau noch ungehemmt von Dämmen und Brücken durch die weite Ebene unterhalb Wiens fluteten, lag dicht am Donauufer ein kleines Dorf – nur ein paar verstreute Hütten –, dessen Bewohner sich vom Fischfang ernährten.

In einer dieser Hütten lebte ein Vater mit seinem Sohn. Die Mutter war schon lange tot – sie war vor Jahren ertrunken; die Wellen hatten sie davongetragen, und weder Mann noch Sohn kannten ihr Grab. So wurde der Knabe nur vom Vater erzogen, einem braven, fleißigen Mann, der seinen Sohn über alles liebte und sich neben seiner anstrengenden Arbeit redlich um ihn kümmerte. Inzwischen war der Jüngling schon fast 17 Jahre alt, wußte mit Rudern und Netzen genauso umzugehen wie sein Vater und war ihm eine Stütze bei der Arbeit.

Gegen Ende des Winters saßen die beiden am Feuer und flickten die Netze, um sie für den Frühjahrsfang instand zu setzen. Da schickte der Vater den Sohn nach Wasser. Der Jüngling nahm einen Eimer und eine Axt, um ein Loch in das Eis zu hacken, unter dem die Donau noch immer gefangen lag. Als er zurückkehrte, drang durch die offene Tür der eisige Hauch des Nordwinds in die Hütte, daß die Funken von der Feuerstelle aufstoben und die Asche im Zimmer umherwirbelte.

»Nun, es sieht nicht so aus, als ob es bald Frühling werden solle«, sagte der Alte.

»Draußen friert es Stein und Bein«, erwiderte der Junge. »Aber als ich mich vorhin über das Wasser beugte, da war mir, als ob es sich bewege, und in der Tiefe ging ein Licht an, so ein seltsamer, eigenartiger Schein.«

»Gewiß erwacht der Donaukönig aus seinem Winterschlaf und mit ihm seine Tochter und der ganze Hof dort auf dem Grund des Flusses.«

»Bitte, Vater, erzähle mir davon!«

Der Vater nickte und begann: »Schon mein Großvater hat mir davon erzählt, als ich noch ein kleiner Junge war, daß der Donaukönig auf dem Grund der Donau sein großes, wunderbares Reich hat. Es soll so herrlich sein, daß wir Menschen es uns gar nicht vorstellen können. Auf grünen Auen wachsen dort Perlmuttblumen, beschützt von wachsamen Hechten. Zur Freude des Donaukönigs spielen Störe auf goldenen Flöten, und Aale tanzen auf silbernem Sand kunstvolle Reigen. Der Donaukönig selbst aber wohnt in einem herrlichen Palast aus Bergkristall. Aber mehr als alle Perlen, als alles Kristall und alles Gold liebt der König seine Tochter, die Donaunixe. Sie ist so schön, daß jeder, der sie einmal erblickt, sie bis zu seinem Tode nicht vergessen kann. Sie lebt im väterlichen Palast und spielt mit Goldkieseln. Manchmal fährt sie auch in einer großen Muschel, die von einem bärtigen Wels gezogen wird, durch das Flußreich ihres Vaters spazieren. Einmal im Jahr jedoch, in einer klaren Juninacht, kommt die Donaunixe ans Ufer und tanzt die ganze Nacht. Sie tanzt, als schwebte sie auf dem Mondschein, so leicht, daß sie keinen einzigen Tautropfen von den Halmen streift. Dann setzt sie sich ans Ufer und singt. Wehe dem sterblichen Menschen, der sich von ihrem Lied verlocken läßt. Er ist verloren. Er geht immer der Melodie nach, bis die Fluten über ihm zusammenschlagen.«

Da öffnete sich plötzlich die Tür der Fischerhütte. Auf der Schwelle stand ein überirdisch schönes Wesen in einem grünen, perlenverzierten Kleid und mit einem Kranz aus Seerosen auf dem Kopf.

»Erschreckt nicht, ihr Fischersleute. Ich bin die Tochter des Donaukönigs. Mein Vater schickt mich, euch zu warnen, denn du, Fischer, hast in seinen Wassern die Frau verloren, und du, Jüngling, die Mutter. Flieht, solange es noch Zeit ist. Flieht aus der Nähe des Flusses. Mein Vater hat heute den Südwind zu Gast geladen. Der Winter dauert ihm zu lange, er will, daß das Eis zerbricht und der Fluß wieder frei wird. Der Südwind ist schon unterwegs. Er hat die Alpen überflogen und jagt auf Sturmesflügeln herbei. Flieht, so schnell ihr könnt, denn die Donau wird hoch über ihre Ufer treten, und dann ist es zu spät.«

Ehe sich Vater und Sohn besinnen konnten, war die schöne Erscheinung wieder verschwunden.

»Hast du gesehen, Vater ... Das war die Donaunixe. Wie schön sie ist! Noch nie im Leben habe ich etwas so Schönes gesehen!«

»Komm, beeil dich. Wir müssen die Nachbarn warnen. Das wird heute eine schlimme Nacht werden.«

Sie verließen sogleich die Hütte und eilten zu den Nachbarn. »He, Leute, das Eis bricht! Die Donau tritt über die Ufer. Fort von hier, das Hochwasser kommt.!«

Die Leute liefen aus ihren Häusern, jeder hatte in Eile das Nötigste ergriffen, und alle flohen, so schnell sie konnten, vor den Wassern der Donau. Die Donaunixe hatte die Wahrheit gesprochen. Es wurde eine schlimme Nacht. Die Eismassen auf der Donau gerieten in Bewegung, der Südwind brauste über den zugefrorenen Fluß, und das Eis barst und türmte sich in Schollen übereinander. Der Fluß bäumte sich auf wie ein scheuendes Pferd, seine schäumenden Wasser spritzten hoch hinauf und ergossen sich weit über die Ufer wie ein riesiger See.

Als sich das Hochwasser verlaufen hatte, kehrten die Menschen wieder zurück. Sie besserten aus, was von den Hütten noch stand, oder bauten neue und lebten und arbeiteten wie zuvor. Auch der Fischer und sein Sohn kehrten zurück, sie bauten ihre Hütte wieder auf und fuhren dann wieder auf Fischfang aus.

Bald kam der Frühling ins Land. Die Sonne schien immer wärmer, und ihre Strahlen glitzerten auf dem silbernen Wasser des Flusses. Die Menschen waren froh und zufrieden. Nur der alte Fischer war nachdenklich und traurig. Schweigend beobachtete er seinen Sohn.

Der lief umher wie im Traum. Jede freie Minute saß er an der Donau und starrte in die Wellen. Mit der hohlen Hand schöpfte er das Wasser, ließ es zwischen den Fingern hindurchlaufen und schaute den Tropfen nach, die plätschernd auf dem glänzenden Wasserspiegel aufschlugen.

Und dann war es Juni. In einer klaren Vollmondnacht ging der junge Fischer zum Ufer hinab, band das Boot los und ruderte leise in die Strömung hinein. Ob er wohl sein Traumbild, die schöne Donaunixe, gesehen hat? Ob sie zu seinem Boot geschwommen kam und ihm die Hand reichte? Ob er wohl mit ihr im Mondschein auf den Wiesen am anderen Ufer getanzt hat? Wer weiß.

Am anderen Morgen fanden die Fischer mitten im Strom ein verlassenes Boot, das langsam auf dem Wasser kreiste, als spielte ein trügerischer Sog mit ihm. In dem Boot aber fand der alte Fischer einen Kranz aus blühenden Seerosen.

Tschechisches Märchen

Kemanta

An der Küste des Großen Wassers, dort, wo die eisigen Meereswellen an die Ufer schlagen und die Indianer in ledernen Zelten um die Feuerstellen sitzen, lebte einst der Knabe Kemanta. Er war ein trefflicher Jäger, oft jagte er mehr Füchse und Lamas als die erfahrensten Indianer. Aber vom Fischfang wollte er nichts hören. Lieber half er den Frauen bei der Arbeit, lieber duldete er es schweigend, daß man von ihm sagte, er fürchte das Wasser.

Und er fürchtete das Wasser wirklich. Jeden Wassertropfen trocknete er ab, vor dem Regen versteckte er sich, und wenn die anderen Knaben während des kurzen Sommers im seichten Wasser herumtobten, lief er davon. Allmählich lachten ihn alle aus, und eines Tages trieben ihn der Vater und seine Brüder aus dem

Haus; hätte die Mutter ihm nicht hin und wieder heimlich etwas zugesteckt, wäre er nicht satt geworden.

Aber bald schon lebte er von allen verlassen in einer armseligen Hütte, die er sich gebaut hatte. Und er wurde immer trauriger, er sehnte sich nach den Eltern und den Brüdern, doch die Angst vor dem Wasser konnte er nicht überwinden.

»Wozu bin ich eigentlich gut«, fragte Kemanta sich. »Mein Vater und meine Brüder haben mich zu Recht verstoßen und mich zu Recht einen Feigling genannt. Ich werde hier auf den Tod warten ...«

Dann hockte er sich unter einen Pelz und wartete auf den mächtigen Temaukel. Vielleicht träumte er, vielleicht wachte er – jedenfalls sah er statt des körperlosen Temaukel plötzlich neben seiner Matte einen seltsamen Alten. Seine Hände und Füße waren aus Fischschuppen, und wenn er lächelte, entblößte er seine Zähne, die Hauern glichen. Seine runden Fischaugen glänzten wie das Wasser des Meeres.

»Fürchte dich nicht, in bin der Meergeist!« sagte der Alte. »Und ich will dir helfen!«

»Niemand kann mir helfen«, antwortete Kemanta traurig. »Ich fürchte das Wasser – ich werde niemals schwimmen lernen ...«

»Wenn du willst, wirst du schon bald der beste Schwimmer sein!«

»Aber wie sollte ich?«

»Morgen früh, wenn die Wellen des Meeres noch nicht hoch ans Ufer schlagen, iß diese Muschel«, sagte der Alte, und dann hielt er dem Knaben eine runde, schwarze Muschel hin. »Diese Muschel wird dir die Angst vor dem Wasser nehmen. Und wenn du im Wasser bist, lehre ich dich das Schwimmen ...«

Als Kemanta in der Frühe erwachte und die runde, schwarze Muschel sah, erinnerte er sich an den Alten und an das, was er gesagt hatte. Und ohne zu zögern aß er die Muschel und lief zum Meer hinunter. – Der Wind hatte sich gelegt – die Männer aus dem Dorf bereiteten gerade ihre Kanus zum Fischfang vor. Und sie sahen den Knaben, der ohne Bedenken in das kalte Wasser lief, das ihm bald bis zur Gürtellinie und über die Schulter reichte, in dem er plötzlich versank ...

»Er ist ertrunken!« riefen die Männer entsetzt – aber sie hatten sich geirrt. Denn im gleichen Augenblick ritt Kemanta auf einer Welle. Und dann sprang er wieder ins Wasser hinein. Das Spiel wiederholte sich ein paarmal: Der Knabe ritt jauchzend auf einer Welle und sprang ein Weilchen danach wieder ins Wasser.

Die Männer am Ufer staunten: »Kemanta, das ist Kemanta!«

Kemantas Hände und Füße aber verwandelten sich allmählich in starke Flossen, der Kopf verband sich mit dem Rumpf, und die Nase wurde zu einem seltsamen Fischmaul. Mit jedem übermütigen Sprung nahm er mehr und mehr die Gestalt eines Delphins an.

»Da ist er! Dort taucht er auf!« riefen die Männer am Ufer und warfen ihm allerlei Leckerbissen ins Meer.

Von jenem Tag an begleitete der Delphin die Indianer beim Fischfang und trieb ihnen reiche Beute in die Netze. Von Zeit zu Zeit aber entfernte er sich von ihnen, sprang lachend in die Höhe und warf sich sogleich wieder in die Wellen.

Um die Wahrheit zu sagen: Gesprungen ist er eigentlich nicht! Das schien den Indianern nur so – in Wirklichkeit spielte nämlich der Gute Meergeist mit ihm und warf ihn dabei in die Höhe. Und wie der Meergeist mit Kemanta spielte, so spielt er noch heute mit seinen Nachkommen.

Märchen der Indios

III. Wasser der Erlösung

Gottes Brunnen hat Wasser die Fülle
(Psalm 65,10)

Das Mädchen aus dem Apfelbaum

Auch die Apfelblüte hat ihr Geheimnis. Wenn ihr sie im Frühling seht, erinnert euch, daß es einmal einen jungen König gab, der ein großer Jäger war. Wann immer er konnte, ritt er in seine Wälder und jagte von frühmorgens bis spät in die Nacht. Einmal geschah es, daß sich der junge König bei der Jagd verirrte. Plötzlich befand er sich in einer unbekannten Gegend, weit und breit nichts als öde Wüste. Der König war durstig, aber in der Wüste gab es weder Bach noch Quelle. Als ihm vor Durst die Kehle schon ganz trocken war, erblickte er vor sich einen Apfelbaum. Wer weiß, wie der dort hingekommen war! An den Zweigen hingen drei Äpfel, halb rot, halb gelb, eine Freude, sie zu betrachten. Der König lenkte sein Pferd zu dem Baum und pflückte einen der Äpfel.

Aber kaum hatte er ihn aufgeschnitten, da sprang aus dem Apfel ein wunderschönes Mädchen im bloßen Hemdchen und rief mit trauriger Stimme: »Wasser, bitte, gib mir Wasser!«

Der junge König, selbst durstig, hatte nichts, die Bitte zu erfüllen. Er schwieg und schaute das Mädchen wie verzaubert an, bis es auf einmal verschwand.

Ohne lange zu überlegen, griff der Jüngling nach dem zweiten Apfel, pflückte und zerteilte ihn. Aber auch aus diesem Apfel sprang ein Mädchen, noch schöner als das erste, und auch das bat um Wasser. Der junge König, durstiger als zuvor, schaute es mitleidvoll an und schwieg, bis das Mädchen wieder verschwand.

Nun pflückte der König den dritten Apfel, aber ihn aufzuschneiden brachte er nicht übers Herz, denn er dachte an das Schicksal der beiden schönen Mädchen.

›Mit diesem Apfel ist es sicher nicht anders‹, sagte er sich, und ritt los, um einen Bach oder eine Quelle zu suchen. Sein treues Pferd trug ihn an einen breiten Fluß. Dort sprang der König aus dem Sattel, nahm den dritten Apfel und schnitt ihn auf; und ein Mädchen im bloßen Hemdchen, schöner als die beiden ersten zusammen, stand vor ihm und rief mit trauriger Stimme: »Wasser, bitte, gib mir Wasser!«

Der König beugte sich zum Fluß hinunter, schöpfte eine Handvoll Wasser und benetzte das Mädchen von Kopf bis Fuß. Das schüttelte sich und sagte froh: »Hab Dank, Herr, daß du mich gerettet hast. Jetzt gib mir noch deinen Mantel, damit ich hier nicht im bloßen Hemd stehen muß.«

Der König konnte sich an dem Mädchen gar nicht satt sehen: »Gern geb' ich dir meinen Mantel und alles, was ich besitze. Du mußt mir nur versprechen, daß du meine Frau wirst.«

Dem Apfelmädchen gefiel der König: »Gern will ich dich heiraten, wenn du es möchtest. Du darfst es dir aber nicht anders überlegen und dein Wort nicht zurücknehmen.«

»Warum sollte ich mein Wort zurücknehmen?« sagte der König und lachte. »Warte hier auf mich, ich kehre bald zurück und hole dich in einer goldenen Kutsche.«

Dann trieb er sein Pferd an und ließ das Mädchen allein. Daran tat er nicht gut, denn kaum war er hinter der Wegbiegung verschwunden, näherte sich dem Ufer eine häßliche Alte, die riß dem Mädchen mit der einen Hand des Königs Mantel herunter und stieß es mit der anderen in den Fluß. Das Wasser war sogleich wieder glatt wie ein Spiegel. Am Ufer blieb die Alte zurück, die warf sich den Mantel um die Schultern und erwartete den Bräutigam.

Bald darauf kam der junge König in der goldenen Kutsche angefahren, und schon aus der Ferne rief er froh: »Steh auf, schöne Jungfrau, auf dem Schloß wird die Hochzeit vorbereitet!« Doch die Freude des Jünglings dauerte nicht lange. Er sah an der Braut zwar seinen Mantel, aber ihr Gesicht erkannte er nicht mehr. Statt der schönen Jungfrau krümmte sich unter dem Mantel eine alte Hexe. Dem König krampfte sich das Herz zusammen. »Sag, bist du es, Apfelmädchen?« fragte er.

Die Alte krächzte: »Ja, ich bin's, nun erfülle, was du versprochen hast. Oder hast du es dir anders überlegt?«

Der Jüngling wußte nicht, was er denken sollte. War das wirklich sein Apfelmädchen? Stellte es ihn nur auf die Probe? Traurig setzte er die Alte in die goldene Kutsche und fuhr mit ihr zu seinem Schloß. Als seine Leute die Braut erblickten, als sie die schreckliche Alte sahen, zweifelten sie am Verstand des Königs. Einige lachten, die anderen weinten, es war eine traurige Hochzeit. Am traurigsten von allen aber war der Bräutigam, der darauf wartete, daß sich die Alte wieder in die schöne Jungfrau verwandelte. Aber die wurde immer häßlicher, der König konnte sie gar nicht mehr anschauen. Kaum war die Hochzeit vorbei, kehrte er allein in sein Gemach zurück und setzte sich ans Fenster. Da flog ein weißes Täubchen zu ihm herein, das nahm ohne Furcht auf seiner Schulter Platz und gurrte so traurig, daß es dem jungen König weich ums Herz wurde.

»Täubchen, was hast du mir gebracht?« fragte er. Mit menschlicher Stimme sprach das Täubchen:

Junger König, gurru, gu,
du bist betrogen, hör gut zu.
Hast dich mit großem Glanz vermählt,
doch nicht die Richtige gewählt.

»Was sagst du da, Täubchen?« rief verwundert der König. Aber bevor das weiße Täubchen fortfahren konnte, schlug die Alte an die Tür des Gemachs und rief: »Öffne, König, mit wem sprichst du?«

»Mit niemandem«, antwortete der König, und das Täubchen huschte durchs Fenster in den Garten. Vergeblich durchsuchte die Alte alle Ecken. »Ich finde schon heraus, mit wem du hier redest«, krächzte sie auf der Schwelle und schlug die Tür hinter sich zu.

Am Tag darauf war es nicht anders. Kaum war Mittag vorbei, eilte der König von der Tafel in sein Gemach und setzte sich ans Fenster. Da kam wieder das weiße Täubchen zu ihm herein und gurrte so traurig, daß es dem jungen König weich ums Herz wurde. »Sag, Täubchen, was willst du von mir?« Und mit menschlicher Stimme sprach das Täubchen:

Junger König, gurru, gu,
du bist betrogen, hör gut zu.
Hast dich mit großem Glanz vermählt,
doch nicht die Richtige gewählt.
Im Flusse muß die Echte liegen,
im Schlaf sie sanfte Wellen wiegen.

»Was sagst du da, Täubchen?« fragte der junge König. Aber bevor das weiße Täubchen mehr erzählen konnte, pochte wieder die Alte an die Tür. »Öffne, König, mit wem sprichst du?«

»Mit niemandem«, antwortete der König, und die Taube schwirrte durchs Fenster in den Garten. Vergeblich durchsuchte die Hexe alle Ecken. »Ich kriege schon noch heraus, mit wem du dauernd redest«, drohte sie und schlug die Tür zu.

Auch am dritten Tag verließ der König nach dem Essen die Tafel, eilte in sein Gemach und schloß die Tür siebenmal hinter sich zu. Aber die häßliche Alte schlich sich ans Schlüsselloch und hörte und sah alles. Kaum hatte sich der König ans Fenster gesetzt, flog das weiße Täubchen auf seine Schulter und gurrte:

Junger König, gurru, gu,
du bist betrogen, hör gut zu.
Hast dich mit großem Glanz vermählt,
doch nicht die Richtige gewählt.
Im Flusse muß die Echte liegen,
im Schlaf sie sanfte Wellen wiegen;
ruht in des Flusses tiefer Nacht,
wer weiß, wann jemals sie erwacht.

»Was sagst du da, Täubchen?« fragte der König zutiefst erschrokken. Aber noch ehe das weiße Täubchen mehr sagen konnte, klopfte es an der Tür. Es war der Diener des Königs, den die Alte geschickt hatte. Sie selbst holte inzwischen den Jäger und führte ihn in den Garten. »In des Königs Gemach fliegt dauernd ein Täubchen. Wenn es herauskommt, schieße es ab. Bringst du es mir nicht, so laß ich dir den Kopf abschlagen.«

Es dauerte nicht lange, und das weiße Täubchen schwirrte aus dem Fenster. Das Klopfen an der Tür hatte es aufgeschreckt. Der Jäger zielte, schoß und traf. Blutüberströmt fiel das Täubchen zu Boden. Der Jäger hob es auf und brachte es der Hexe. »Hier hast du, was du verlangst, Herrin!«

Die häßliche Alte nahm das Täubchen und warf es in das Kaminfeuer. »Nun bleibt auch nicht ein Federchen von dir übrig!«

Und wirklich, alles verbrannte zu Staub und Asche. Doch im Garten, wo das Täubchen zur Erde gefallen war, lagen drei Blutströpfchen. Über Nacht schlugen die Tröpfchen Wurzeln, bis zum hellen Tag wuchs aus den Wurzeln ein Sprößling, mittags war aus dem Sprößling ein Apfelbaum geworden, und am Abend trug der Baum eine Blüte, die einen herrlichen Duft verbreitete.

Dem alten Gärtner tat die Blüte leid: »Spät bis du aufgeblüht, ein Apfel wird nicht mehr aus dir. Der Herbst steht vor der Tür, schon weht der Wind über die Stoppelfelder.« Und bevor der kalte Wind die Blüte abreißen konnte, pflückte sie der Gärtner und stellte sie in eine Vase ans Fenster.

Seit die Blüte im Häuschen des Gärtners war, geschahen dort wundersame Dinge. Als der Alte am ersten Tag von seiner Arbeit kam, blieb er wie angewurzelt in der Tür stehen und staunte. Alles war aufgeräumt, das Zimmer gefegt, das Bett gemacht, die Tassen und Töpfe standen ordentlich auf dem Wandbord. Dabei hatte er doch die Tür verschlossen, bevor er aus dem Haus gegangen war.

Am Tag darauf war es nicht anders. Alles war sauber und aufgeräumt, doch zu sehen war niemand. Am dritten Tag ging der Gärtner wie immer in den Garten, doch kehrte er heimlich über den Hof in die Hütte zurück. Er schlich sich in die Kammer und konnte nun beobachten, was geschah. Als es in dem Häuschen still geworden war, sprang die Apfelblüte aus der Vase, und kaum hatte sie den Fußboden berührt, wurde daraus ein wunderschönes Mädchen im bloßen Hemd, das machte sich flink an die Arbeit, schüttelte das Bett, fegte das Zimmer und ordnete Teller, Tassen und Töpfe auf dem Wandbord. Da öffnete der Gärtner die Tür. Die Jungfrau aber erschrak und rief: »Wasser, bitte, gib mir Wasser!«

Der Alte nahm eine Kanne, holte Wasser aus dem Brunnen

und besprühte die Jungfrau von Kopf bis Fuß. Freudig schüttelte sie sich: »Hab Dank, guter Mann, du hast mich gerettet. Jetzt gib mir noch einen Kittel.«

Der Gärtner reichte ihr ein Kleid seiner verstorbenen Frau, dann lief er ins Schloß. Am Tor begegnete er dem jungen König: »Kommt mit, edler Herr, und seht, was geschehen ist.« Er führte den König in sein Häuschen. Der traute seinen Augen nicht: Im Zimmer stand sein Apfelbaummädchen.

Nun erzählte die Jungfrau, was sich zugetragen hatte, wie sie von der Alten in den Fluß geworfen worden war, und von dem Jäger erzählte sie auch: »Das weiße Täubchen war ich, der Apfelbaum unter deinem Fenster wuchs aus meinem Blut. Ich bin nun erlöst, aber meine beiden Schwestern fliegen noch immer als weiße Täubchen umher. Wir waren nämlich drei Königstöchter, bevor uns die alte Hexe verzauberte. Erst mit ihrem Tod wird der Bann von uns weichen.«

Da schwirrten zwei weiße Täubchen zum Fenster herein und setzten sich der Jungfrau auf die Schultern. Sie freuten sich, daß ihre Schwester wieder ein Mensch war. Der junge König küßte seine echte Braut, mit der falschen Königin aber nahm es ein böses Ende.

Und als auch die beiden Schwestern wieder ihre menschliche Gestalt angenommen hatten, hielten sie eine glückliche Hochzeit: der junge König und das Mädchen aus dem Apfelbaum.

Märchen aus Böhmen

Die Rosenwasserquelle

Einst lebte ein Mann, der war so reich wie ein König. Doch es geschah in seinen letzten Lebensjahren, daß er blind wurde. Da rief er seine drei Söhne zu sich und sprach: »Alles, was ich besitze, wird derjenige von euch erhalten, der mich heilt.«

Da machten die Söhne sich auf, ein Mittel der Heilung zu suchen. Sie wanderten durch die Welt, kamen von Arzt zu Arzt, fragten jeden um Rat. Doch keiner wußte ein Mittel, wie dem alten Mann das Augenlicht zurückzugeben sei.

Ein Arzt aber war weiser als alle anderen. Er sprach zu den Söhnen: »Menschliche Macht kann das Leid eures Vaters nicht heilen, nur eine Flasche, die an der Rosenwasserquelle gefüllt ist, vermag das. Wundertätig ist diese Quelle. Einige Tropfen daraus genügen, und euer Vater ist gesund.«

»Wo finden wir die Rosenwasserquelle?« fragten die Söhne. Aber der Arzt vermochte es ihnen nicht zu sagen.

Da machten die drei sich auf, die geheimnisvolle Quelle zu suchen. Jeder von ihnen dachte: Ich werde sie schon finden – irgendwann, irgendwo. Sie wanderten, sie fragten, Tag um Tag, durch Winter und Sommer. Nach langer Zeit geschah es: Der Älteste begegnete einer jungen Frau. Die trug ein Kind auf dem Arm. Sie fragte ihn freundlich: »Wohin gehst du?«

»Was geht dich das an? Bin ich dir Rechenschaft schuldig?« – Er entgegnete barsch und hart. Sie sprach: »Nein, du bist mir keine Rechenschaft schuldig, Geh, wohin du willst. Geh, wohin dein Schicksal dich führt.« – Und der Älteste ging seinen Weg. Er fand die Quelle. Da sah er den Löwen, die Schlange. Sie bewachten die Quelle. Der Löwe brüllte. Die Schlange zischte. Da ergriff ihn ein Schauder. Er wich zurück. Angst hatte ihn überfallen. Er ging. Er ließ die Quelle. Er ging, wohin sein Schicksal ihn trieb.

Lange Zeit war vergangen. Da traf der zweite Bruder die Frau. »Wohin gehst du?« Sie fragte freundlich.

»Ich gehe zur Rosenwasserquelle. Aber was bist du so neugierig. Kümmere dich doch um deine eigenen Angelegenheiten!« Ganz und gar nicht freundlich war der zweite Bruder.

Die Frau sprach: »Wie du meinst. Ich werde es tun. Ich kümmere mich nur um das Meine.«

Der zweite Bruder kam zur Quelle. Der Löwe brüllte schreckerregend. Die Schlange zischte. Zu gräßlich war das alles, zu beängstigend. Der zweite Bruder wich zurück. Er floh.

Wieder war lange Zeit vergangen. Da traf der jüngste Bruder die Frau. Sie war ja Maria mit dem Jesuskind. »Wohin gehst du?«

»Ich suche die Quelle des Rosenwassers. Ich möchte dieses Fläschchen füllen. Mein Vater ist blind. Ich möchte, daß er gesund wird von dem Wasser.«

»Weißt du auch, wo du die Quelle findest?«

»Nein! Aber der Gedanke an meinen blinden Vater läßt mich nicht los. Ich muß nur richtig suchen. Dann werde ich die Quelle finden.«

Da sprach Maria: »Du hast ein gutes Herz, mein Sohn. Ich werde dir helfen. Folge diesem Weg hier, und du wirst die Quelle finden. Aber Löwe und Schlange werden dir den Zutritt verwehren, darum nimm von diesen Wachskörnchen. Ganz wenige davon genügen, und die Tiere lassen dich in Frieden. Und hast du die Flasche an der Quelle gefüllt, dann verwahre sie sorgsam. Wenige Tropfen des Wassers erwecken den Menschen zu neuem Leben.«

Der Jüngste machte sich auf. Er ging den Weg. Er fand die Quelle. Schrecklich brüllte der Löwe, schauderhaft zischte die Schlange. Er aber streute die Wachskörner über sie. Da wurden sie stumm. Lieblich sprudelte die Quelle. Rosenduft stieg auf.

Der Jüngste füllte die Flasche. Er ging zurück zum Vater. Endlos war der Weg. Über Berge, durch Wüsten wanderte er, durch Schluchten, durch tiefe Wälder. Dann kam er heim. Und da hörte er: Dein Vater ist gestorben. Er sprach: »Öffnet sein Grab!«

Die Leute sagten: »Wozu?«

»Öffnet sein Grab!«

Da öffneten sie das Grab – und den Sarg. Der Sohn sah seinen Vater. Er träufelte Lebenswasser auf ihn. Da erwachte der Vater zum Leben. Er stand auf. Er konnte sehen. Er redete. Freude brach aus. – Die Leute sagten: »Ein Wunder ist das. Der Sohn kann Wunder tun.«

Der aber sprach: »Nicht ich! Es war Gott. Es war Maria mit dem Kind. Sie hat mir den Weg gewiesen. So konnte alles geschehen.«

Seit dieser Zeit starb niemand mehr in jenem Ort. – Jedenfalls nicht, solange der Sohn Wasser des Lebens in seiner Flasche hatte. Als er aber selbst zum Sterben kam, da war die Flasche leer. Alles Wasser war verbraucht. Da legte der Sohn sich hin, alt und lebenssatt. Er hatte genug gelebt. Gott nahm ihn zu sich.

Märchen aus Korsika, bearbeitet von Dietrich Steinwede

Schawenis und das Wasser des Lebens

Schawenis war ein kleines Mädchen, das mit seinen Eltern in dem ärmlichsten Häuschen des Pueblos wohnte. Hunger und Elend waren ständige Gäste bei ihnen, und je größer Schawenis wurde, desto öfter dachte sie darüber nach, wie sie diese ungebetenen Gäste vertreiben könnte. Denn sie wußte, daß weder Vater noch Mutter die nötige Kraft dazu aufbringen würden. So ruhte die ganze Schwere des Entschlusses auf ihr allein.

Endlich kam ihr ein Gedanke. Ich will Baumwolle sammeln und weben lernen, dachte sie. Und es dauerte nicht lange, da hatte sie viel Baumwolle zum Weben bereit.

Anfangs webte sie schöne Strümpfe, wie sie die Frauen zum festlichen Tanz zu tragen pflegten, dann aber wuchs unter ihren flinken Händen ein herrliches weißes Gewand – eine Manta –, und schließlich gelang ihr auch noch eine wunderbare Tanzschärpe.

Das ganze Pueblo war von ihren Arbeiten begeistert, und alle Frauen waren wie versessen darauf, diese Herrlichkeiten ihr eigen zu nennen. Schawenis paßte das in ihren Plan, und so waren ihre Erzeugnisse bald verkauft. Dann webte sie eine noch viel schönere Manta, aber auch die behielt sie nicht für sich, denn man bot ihr einen sehr hohen Preis dafür.

Und wie die Zeit verging, erschienen die Frauen des Pueblos

eine nach der anderen in nagelneuen Gewändern zum Tanz. Schawenis webte und webte. Aber je mehr prächtige Gewänder aus ihren Händen hervorgingen, desto mehr wuchs auch der Hochmut in ihrem Herzen, so daß sie jetzt nicht nur schön und reich, sondern auch böse und hoffärtig war.

Ihre Altersgenossinnen heirateten eine nach der anderen. Auch um Schawenis bewarben sich einige junge Indianer und brachten ihr jeder ein schönes weißes Kleid, das sie selbst gewebt hatten.

Doch Schawenis wies die Bewerber ab. »Ich brauche eure Geschenke nicht«, sagte sie hochmütig. »Ich kann mir meine Kleider selbst weben und noch viel schöner.«

Den alten Leuten entging es nicht, daß im Herzen des Mädchens der Hochmut seine Blüten trieb, und sie schüttelten besorgt die Köpfe. »Du hast dich vom Guten abgewendet, Schawenis«, sagten sie vorwurfsvoll. »Die guten Geister haben dir Reichtum geschickt, weil du ein fühlendes Herz hattest. Jetzt aber ist es voller Hoffart, und solche Menschen entgehen nur selten ihrer gerechten Strafe ...«

»Spart euch diese Reden«, rief Schawenis aufbrausend. »Wenn ich Lust habe, kann ich mir für meinen Reichtum das ganze Pueblo kaufen und euch allesamt davonjagen!«

Seitdem wagte es niemand mehr, dem jungen Mädchen Vorhaltungen zu machen, und kein junger Indianer dachte mehr daran, daß er von Schawenis erhört werden könnte.

Nur einen hatte ihre Schönheit so bezaubert, daß er trotz allem Tag und Nacht an einem herrlichen Hochzeitskleid für sie webte. Der Jüngling wurde der Narbige genannt, weil die Pranken des Bären Tumwa, von dem er einst überfallen worden war, auf seinem Gesicht Spuren hinterlassen hatten.

Als das Kleid fertig war, ging er damit zu Schawenis.

»Was führt dich zu mir?« fragte das Mädchen neugierig.

»Ich glaube an dein gütiges Herz, Schawenis, und bringe dir mein Hochzeitsgeschenk«, entgegnete der Jüngling und wollte seine Arbeit vor ihr ausbreiten.

»Bah, die Mühe kannst du dir sparen. Ich habe schon ganz andere fortgejagt. Oder hast du vielleicht gedacht, es würde mir

Spaß machen, ein ganzes Leben lang dein narbiges Gesicht zu sehen?« spottete Schawenis.

Der gedemütigte Jüngling schlug die Augen nieder und entfernte sich wortlos. Die höhnische Rede des Mädchens hatte ihn tief verletzt.

Der Narbige hatte von seiner Niederlage geschwiegen, aber Schawenis sorgte dafür, daß sie bald im ganzen Dorf bekannt wurde. Doch das sollte ihre letzte böse Tat sein.

Kurz danach senkte sich auf das Pueblo eine schwüle, sternenlose Nacht herab. Da war es plötzlich, als schwebte in dem Raum, wo Schawenis schlief, etwas durch die Finsternis, und dann traten drei sonderbare Geister an ihr Lager. Nichts als ihre seltsamen, fast unhörbaren Stimmen verriet ihre Gegenwart.

»Ich habe ihr Gesundheit und Schönheit verliehen«, flüsterte die erste Stimme, »aber nun schicke ich ihr für alles Böse, was sie getan hat, Krankheit und Schmerzen ...«

»Ich habe ihr Reichtum geschenkt, aber sie verdient ihn nicht und soll wieder in Armut und Elend leben.«

»Und ich schicke ihr den Tod. Wenn sie den Hochmut nicht aus dem Herzen reißt, muß sie sterben. Howgh!«

Mehr sagten sie nicht, denn mit dem letzten Wort kam aus den schweren, in der nächtlichen Stille hängenden Wolken ein Blitz herabgefahren, und noch ehe sein Schein erlosch, waren die seltsamen Wesen oben im Sternenpueblo verschwunden. Über der Erde entlud sich ein Gewitter. Heftige Donnerschläge schreckten die Menschen aus dem Schlaf, und dann prasselte ein Regenguß nieder.

Schawenis wußte von alledem nichts. Sie hatte die ganze Nacht über tief geschlafen und schlug erst die Augen auf, als die Morgensonne ihre Strahlen auf die weißen Wände warf. Schawenis wollte sich erheben, aber eine unerklärliche Müdigkeit hielt sie umfangen, so daß sie kein Glied rühren konnte. Sie wollte nach ihrer alten Mutter rufen, aber die Zunge lag ihr wie Blei im Munde. Da wußte sie, daß sie krank war.

Lange blieb sie hilflos liegen. Erst als der Tag schon zur Neige ging, trat die Mutter an ihr Lager. Das veränderte Gesicht der Tochter verriet ihr auf den ersten Blick, wie es um Schawenis stand, und sie ließ sogleich einen Medizinmann rufen, der die Kranke gesund machen sollte.

Anfangs weigerte sich der Medizinmann, denn auch er war dem Mädchen nicht gewogen, aber als ihm eine reichliche Belohnung zugesagt wurde, packte er seine Arzneien zusammen und ging zu Schawenis.

Er wachte die ganze Nacht hindurch an ihrem Lager, zündete mehrmals ein Feuer an, stellte allerlei Tiegel darauf und braute darin, ununterbrochen Beschwörungsformeln murmelnd, seine Heiltränke.

Schawenis schluckte sie gehorsam, aber sie brachten ihr keine Linderung. Im Gegenteil, noch ehe die Nacht dem Morgen gewichen war, hörte sie zum erstenmal die Stimmen der Toten, die sie in das Reich der Schatten riefen.

In der Frühe nahm der Medizinmann seinen Lohn und machte sich zum Weggehen bereit. »Meine Arzneien besitzen außergewöhnliche Heilkraft«, sagte er beim Abschied, »aber die Krankheit, an der Schawenis leidet, vermögen sie nicht zu heilen. Ihr habt mich freigebig belohnt, und darum will ich euch einen guten Rat geben. In den Felsenbergen wohnt ein noch mächtigerer Medizinmann als ich. Bietet ihm euren ganzen Besitz, und er wird eure Tochter gesund machen.«

Die Eltern säumten nicht und ließen auch diesen Medizinmann rufen. Drei Tage und drei Nächte lang mühte sich der Alte, die Krankheit auszutreiben, aber vergebens. Nur eines gelang ihm: Schawenis die Sprache wiederzugeben, so daß sie sagen konnte: »Schon die dritte Nacht höre ich die Stimmen der Toten aus dem Reich der Schatten. Sie rufen mich immer lauter und lauter, und ich fürchte mich vor ihnen. Sag, weiser Mann, muß ich wirklich sterben?«

Der Zauberer schüttelte den Kopf. »Meine Medizin hat dir nicht geholfen, obwohl im ganzen Indianerland keine heilkräftigere zu finden ist. Es gäbe vielleicht noch ein letztes Mittel, aber ...«

»Nenne es mir, großer Medizinmann, du bekommst dafür alles, was ich besitze«, bat Schawenis.

»Wie ich sehe, hat die Krankheit deinen Stolz gebrochen, und das ist ein gutes Zeichen. Denn um wieder gesund zu werden, brauchst du Liebe. Aber du hast ja jeden, der sie dir geben wollte, fortgejagt!«

Schawenis brach in Tränen aus. Sie empfand bittere Reue über das, was sie getan hatte. Ach, wie gern hätte sie jetzt alles wiedergutgemacht!

In diesem Augenblick hörte man draußen die Leiter knacken. Jemand kam heraufgestiegen. Und dann trat derjenige in den Raum, dem das Mädchen das größte Leid zugefügt hatte – der Narbige.

»Im Pueblo heißt es, daß du im Sterben liegst«, sagte der Jüngling zu Schawenis. »Aber ich glaube es nicht und hoffe fest, daß du bald wieder gesund wirst.«

»Nein, ich werde nie wieder gesund«, entgegnete Schawenis traurig, »weil ich niemand geliebt habe als mich selbst.« Da mischte sich der Medizinmann in das Gespräch: »Willst du ihr helfen?«

»Von Herzen gern! Ich liebe Schawenis noch immer, auch wenn sie mir sehr weh getan hat.«

»Irgendwo weit in der Wüste hinter dem Pueblo strömt im Verborgenen das Wasser des Lebens. Du mußt es suchen und das Wasser so schnell wie möglich Schawenis bringen. Hier – nimm meinen Krug. Er hält jede Flüssigkeit frisch.«

Der Jüngling nahm den Krug und wollte die Hütte verlassen. Aber der Medizinmann hielt ihn noch zurück: »Merke dir, daß dein Weg nur dann einen Sinn hat, wenn du Schawenis wirklich von ganzem Herzen liebst, denn nur deine Liebe wird dich an den Quell des Lebenswassers führen.«

Volle drei Tage war der Jüngling schon in der Wüste umhergeirrt, ohne auch nur die geringste Spur von dem Wasser des Lebens entdeckt zu haben. Nichts als glühende Sanddünen boten sich seinen suchenden Augen. Einigemal hatte er schon geglaubt, den kühlenden Quell vor sich zu sehen, aber wenn er dann näher trat, mußte er erkennen, daß ihn seine Sinne genarrt hatten.

Am dritten Tag fiel er vor Erschöpfung in den Sand und schlief ein. Während des Schlafes kamen Fieberträume über ihn, in denen ihm das Bild der schönen Schawenis erschien. Mit lieblichem Lächeln sang sie ihm ein Lied, das wie das Murmeln eines fernen Bächleins klang.

Da erwachte er. Er sprang auf und blickte um sich. Von Schawenis war nichts zu sehen, nur die heiße Wüste dehnte sich vor seinen Augen. Aber das Rauschen des Baches war noch immer zu hören, ja es schien sogar immer deutlicher zu werden.

Da fiel es ihm ein: Die Quelle ist unter der Erde. Er scharrte den Sand weg und stieß auf Gestein. Doch er fühlte sich so schwach, daß er die Hoffnung, jemals zu dem Wasser vorzudringen, gänzlich aufgeben mußte. Trotzdem machte er noch einen letzten Versuch. Er wälzte ein großes Felsstück beiseite, und da sprang ihm plötzlich ein starker Wasserstrahl entgegen. Kaum hatte er sich das Gesicht gewaschen, spürte er, wie ihm das Blut mit neuer Kraft durch die Adern strömte. Und gleich darauf merkte er, daß ein noch größeres Wunder geschehen war. Das heilkräftige Wasser hatte die Narben in seinem Gesicht so geglättet, daß auch nicht die geringste Spur davon zurückgeblieben war. Er füllte den Krug des Medizinmannes mit dem Lebenswasser und eilte, so schnell er konnte, in das Pueblo zurück.

Schawenis lag im Sterben. Sie war überzeugt, daß der Jüngling die wundertätige Quelle nicht gefundene hatte und sie nun bald in das Reich der Schatten wandern müsse. Nur noch ein letzter Wunsch war ihr geblieben: von dem Narbigen Abschied nehmen zu können. Sie wartete und wartete, und als er endlich kam, setzte sie sich auf ihrem Lager auf, um ihm ihre letzten Worte zu sagen. Aber der Jüngling setzte ihr den Krug an die Lippen.

Schon der erste Schluck gab Schawenis ihre Kräfte zurück. Sie verließ das Krankenlager und dankte ihrem Retter mit einem liebevollen Lächeln. Da bemerkte sie, daß die Narben in seinem Gesicht spurlos verschwunden waren.

»Auch ihm hat das Wasser des Lebens geholfen«, sagte der Medizinmann, der sich bis jetzt im Hintergrund gehalten hatte, und trat zu dem jungen Paar. »Schawenis liebt dich«, sprach er zu dem Jüngling, »und ich weiß, daß ihr miteinander glücklich sein werdet. Aber um eines bitte ich euch: Laßt niemals den Hochmut die Herrschaft über eure Herzen gewinnen!«

Nach diesen Worten drehte sich der Medizinmann um und verließ das Haus.

Indianermärchen (geringfügig bearbeitet)

Das Wasser des Lebens

Der König Salomo klagte einst über die Kürze des menschlichen Lebens. »Was hilft mir meine große Weisheit«, sprach er, »da mir nicht vergönnt ist, ihre Früchte zu genießen? Der größte Teil meiner Tage ist verflossen, ehe ich klug ward; und nun, da ich anfangen will, meine Erfahrungen zu nützen, stehe ich schon am Rande des Grabes. Was ist die Weisheit des Menschen anderes als die vergängliche Blüte einer Blume? Sie treibt viele Tage und Wochen, bis ihr Kelch sich öffnet. Sobald sie aber ihre Reife vollendet hat, ist auch ihre Schönheit dahin; sie verwelkt, ohne die Früchte ihrer Arbeit zu genießen.«

So sprach er und trauerte, als er seine Augen aufhob und einen Engel mit einem saphirnen Gefäß in der Hand vom Himmel niedersteigen sah.

»Salomo«, sprach der Diener der Macht, »ich komme vom Throne des Ewigen. Er hat deine Klage gehört und mich gesandt, dir das Wasser des Lebens zu bringen. Wenn du aus diesem Gefäß trinkst, so wirst du unsterblich werden und eine ewige Jugend genießen; trinkst du aber nicht daraus, so gehst du, wenn deine Stunde kommt, den Weg allen Fleisches. Der Ewige hat die Wahl in deine Hand gelegt; tue, was dir gefällt.« Der Engel setzte das Gefäß vor den Füßen des Königs nieder und verschwand.

Salomo war ungewiß, was er tun sollte. Er versammelte seine Wesire und fragte sie um Rat. Sie rieten ihm einstimmig zur Unsterblichkeit. Weil aber Butimar, der weiseste unter seinen Wesiren, nicht zugegen war, so ließ ihn der Prophet rufen und legte ihm die Frage vor. »Großer König«, antwortete Butimar, »ist dieses Wasser des Lebens für dich allein bestimmt, oder kannst du auch andere davon trinken lassen?«

»Der Höchste«, sprach Salomo, »hat nur mir allein diese Gunst erzeigt.«

»Wenn das so ist«, erwiderte der Wesir, »so werden deine Kinder, deine Freunde, deine liebsten Gemahlinnen nach und nach sterben. Wie ein Baum, den man jährlich seiner schönsten Früchte beraubt, wirst du jedes Jahr, wirst du jede Woche, jeden Tag einen von den Lieblingen deines Herzens verlieren und klagen. Was für Reize kann eine Unsterblichkeit haben, deren Los eine unaufhörliche Trauer ist? Wenn nicht alles, was du liebst, mit dir unsterblich wird, so ist Unsterblichkeit eine ewige Qual.«

»So denke ich auch«, sprach der König. »Diese Erde ist nicht dazu geschaffen, unsterbliche Kinder zu tragen, sonst müßte die Sonne mitten am Himmel stillestehen. Meine Klage war ungerecht. Ein Weiser, der ewig in diesem Tale der Torheit wohnen, der ewig die Fesseln irdischer Begierden tragen müßte und kein Ende in seinem Schlangenwege vor sich sähe, der wäre der unglücklichste Mann, welcher unter der Sonne zu finden ist.«

Als der König żurückkam, war das Wasser in dem Gefäß vertrocknet. Er kniete nieder und sprach: »Herr, verzeihe deinem Knechte, wenn er dich in deinen Werken tadelte. Bei dir allein ist Weisheit und Verstand: du hast alle Dinge durch sie geordnet, und der Sohn des Staubes kann nichts als dein Tun bewundern.«

A. J. Liebeskind 1786

IV. Urphänomen Feuer

Es ist rot und gelb und hat eine singende Stimme
(Märchen)

Warnung vor dem Feuer

Im Vierstromland lebte ein Mann, der war sehr reich. Eines Tages stieg er auf seinen Wagen und trat eine weite Reise an. Da begegnete ihm eine rotgekleidete junge Frau, die bat, sie mitzunehmen. Er ließ sie auf den Wagen steigen und fuhr sie einen halben Tag lang, ohne einen falschen Blick nach ihr zu werfen. Da stieg die Frau wieder ab und sagte beim Abschied: »Ein Edler, wahrlich, bist du! Von dieser Rechtschaffenheit gerührt, muß ich die Wahrheit dir enthüllen. Ich bin die Göttin des Feuers. Morgen wird in deinem Hause Feuer ausbrechen. Kehre eilig heim und bestelle deine Sachen und rette, was du kannst!« Erschrocken wandte der Mann den Wagen und fuhr, so schnell er konnte, heim. Alles, was er an Schätzen, Kleidern und Kleinodien hatte, ließ er aus dem Hause schaffen. Eben wollte er zur Ruhe gehen, da brach im Herde Feuer aus, das sich nicht stillen ließ, bis der ganze Bau in Staub und Asche sank; doch blieb ihm seine bewegliche Habe wohlbehalten.

Chinesisches Märchen (gekürzt)

Wie die Tiere das Feuer bekamen

Die Sonnenstrahlen tanzten über das ganze Indianerland. Nur bis in das Tiefe Tal vermochten sie nicht zu dringen. Dort herrschte noch immer die Kälte, streng und unerbittlich wie ehedem, und jegliches Getier, bis auf den Bären, der einen dicken, warmen Pelz hatte, war ihr auf Gnade und Ungnade ausgeliefert.

Einmal nachts brach ein fürchterliches Unwetter los. Es peitschte und entwurzelte die Bäume, zertrümmerte die Felsen und vernichtete auch sonst alles, was ihm in den Weg kam. Auf einer kleinen Insel inmitten des Großen Wassers stand eine Sykomore. Sie allein ließ sich durch das Toben ringsum nicht stören. Sie sang ein Lied von der Schönheit des Sommers und trotzte lachend den entfesselten Elementen. Aber dadurch wurde die Wut des Unwetters nur noch größer.

»Ich töte dich!« brüllte der Donner und traf den tapferen Baum mitten ins Herz.

Aber was war denn das? Das Lied ging weiter! Das zündende Feuer im Herzen der Sykomore hatte die Wellen auf dem See zum Klingen gebracht, sie trugen den Gesang ans Ufer, und von dort trat er seinen Flug über das ganze Land an.

Das Unwetter war müde geworden. Der Tag brach an, und da wendete es sich langsam, eine unvorstellbare Verwüstung zurücklassend, in die Richtung gegen Mitternacht. Der Donner trampelte neben ihm her und warf grollende Blicke nach der Sykomore zurück.

Aber der Baum hatte schon aufgehört zu singen, denn das Feuer hatte Stamm und Äste verzehrt, und zu dem himmlischen Wigwam stiegen blaue Rauchsäulen empor. Auch im Tiefen Tal hatte man den Rauch bemerkt. Der Falke hob sich in die Lüfte und beschattete seine Augen.

»Feuer!« rief er hinunter. »Auf der Insel brennt es!«

»Feuer? Wie sieht denn das Feuer aus?« fragten die Tiere.

»Es ist rot gelb und hat eine singende Stimme, aber was es ist, das weiß ich auch nicht«, entgegnete der Falke und schlug unsicher mit den Flügeln.

»Das Feuer ist unser Freund«, sagte die Spinne. »Wenn wir es in unser kaltes Tal holen, wird es uns seine Wärme schenken. Wenn ihr wollt, bringe ich es euch ...«

»Du?« höhnte die Eule. »Haha, du mit deinen krummen Beinen, das würde ja noch länger dauern als ein Bärenschlaf, ehe du wiederkämst. *Ich* hole es!« Sie schwang sich von ihrem Ast in die Luft und flog den Inseln zu.

Aber ihr Vorhaben war schwieriger, als sie es sich vorgestellt hatte. Nachdem sie endlich ein Stückchen Glut gefunden und es sich auf den Rücken geladen hatte, stieß sie einen Schmerzensschrei aus und schüttelte es so schnell sie konnte wieder ab. Ihr Gefieder war arg versengt, und sie mußte froh sein, überhaupt wieder die Heimat zu erreichen. Beschämt ließ sie sich auf einem Ast nieder und sagte: »Das Feuer will nichts mit uns zu schaffen haben. Es hat kein einziges Wort mit mir gesprochen und hätte mich fast ums Leben gebracht.«

»Ach was, ich habe eine dicke Haut«, rühmte sich die Klapperschlange, »das wäre doch gelacht, wenn ich mit so etwas nicht fertig würde!«

Aber auch sie wurde von dem brennenden Schmerz, den ihr die Berührung mit dem Feuer bereitet hatte, wieder heimgetrieben. »Das Feuer hat eine überaus große Kraft«, erklärte sie den Tieren, nachdem sie unverrichteter Dinge zurückgekommen war. »Es hat mich am ganzen Leibe verbrannt! Seht nur, wie rot meine Haut ist! Keinem einzigen von uns wird es gelingen, es von seiner Insel wegzulocken.«

»Vergeßt nicht, daß ich auch noch da bin! Warum sollte ich nicht imstande sein, das Feuer herbeizuschaffen? Ich verstehe damit umzugehen«, rief die Spinne. Obzwar ihr die wenigsten Glauben schenkten, wagte es nun doch niemand mehr, sie zu verhöhnen. Nur waren alle sehr neugierig, ob sie ihr Wort halten würde.

Die Spinne ließ sich Zeit. Sie schleppte einen großen Sack herbei, band ihn sorgsam zu und warf ihn sich über den Rücken. Dann ging sie los.

Der Weg wollte kein Ende nehmen. Ihre gekrümmten Beinchen überwanden nur mit großer Mühe die Hindernisse, und als sie durch das Wasser mußte, wurde sie von den Wellen wie ein Spielzeug hin und her geworfen. Auch der Sack machte ihr viel zu schaffen, denn er schien sie ständig in die Tiefe ziehen zu wollen. Was Wunder, daß sie überglücklich war, als sie endlich den Boden der Insel unter den Füßen fühlte!

Kaum hatte sie sich ein wenig ausgeruht, machte sie sich an die Arbeit. Sie zog einen endlos langen Faden aus dem Sack und umwickelte damit das röteste Glutstück, bis nichts mehr davon zu sehen war. Während dieser Arbeit tanzte sie den Beschwörungstanz der Spinnen, damit das Feuer dem Faden nichts anhaben konnte. Als sie fertig war, schob sie die kostbare Beute in den Sack und machte sich auf den Rückweg.

Voller Ungeduld umringten die Tiere den heimgekehrten Wanderer. Die Spinne schüttete das Feuer auf die Erde und sprach: »Die standhafte Sykomore schickt uns einen Freund, der uns auch bei härtestem Frost Wärme spenden wird. Aber wenn er nicht auskühlen soll, braucht er Nahrung.«

»Hoffentlich frißt er uns nicht alle Vorräte weg!« sagte der Hamster besorgt.

»Das Feuer nährt sich nur von trockenem Holz«, beschwichtigte ihn die Spinne, »du kannst unbesorgt sein.«

»Aber das Holz ist doch jetzt nach dem Gewitter ganz naß!«

»Ich will dem Feuer meine Rinde geben, die wird auch brennen, wenn sie naß ist!« rief die Birke hilfsbereit und ließ auch schon ein großes, weißes Rindenstück fallen. Das Eichhörnchen riß einen Streifen davon ab und legte ihn auf die Glut. Da züngelte ein goldrotes Flämmchen heraus, das wuchs und wuchs und vertrieb die Kälte.

Sie ließen das Feuer nie wieder verlöschen. Das Eichhörnchen hütete es während des ganzen Tages, und am Abend setzten sich dann alle Tiere rings im Kreise herum und sangen ein Lied.

Indianermärchen

Wie die Menschen das Feuer bekamen

Märchen, ich pflanze dich, auf daß du groß und schön wirst. Ich lege dich auf brennende Holzscheite und backe dich knusprig, auf daß du duftest wie die Brotfrucht.

Es ist gut, einen Holzstoß aufzuschichten. Du legst ein Holzscheit auf den Boden, darüber kommt ein zweites. »Holz her, Holz her«, sagen die Scheite, wenn du Scheit auf Scheit legst, bis der Stoß errichtet ist.

Lange, sehr lange schichteten sich auch die Tage übereinander. Aber damals gab es kein Feuer auf der Welt. Die Menschen wanderten durch den Wald, jagten das Wild und aßen es roh. Sie saßen am Wasser, fingen Fische und aßen sie roh. Die Tage verglühten nicht, es gab keine Nacht. Denn die Nacht bedarf der Nachtschwalbe, des Vogels Kau, der ihren Weg mit Pfeifen begleitet, wenn sie fortgeht. Die Nacht braucht auch die Zikaden. Es ist gut, wenn sie zirpen.

Es war also Tag, und es ging ein Mann, und es floß ein Fluß. Der Mann ging am Ufer entlang und suchte Zweige. Der große Fluß hieß Mkong, und der Mann hieß E Mkong. Er sah am Ufer einen Baum, der viele Äste hatte. Der Mann nahm seine Steinaxt, kletterte auf den Baum und hieb Zweige ab. Einer wehrte sich und warf seinen Schmuck Kienho hinunter. Er hatte ihn um den Hals getragen, und es war ein sehr, sehr schöner Schmuck. Der Kienho fiel ins Wasser. E Mkong kletterte vom Baum, warf seinen Lendenschurz ab und sprang dem Kienho nach. Er schwamm und tauchte bis auf den Grund. Da sah er, daß er in einem Hof mit vielen Menschen war. Die Menschen kamen näher und starrten den Fremdling an. Das Kinn E Mkongs sank auf seine Brust hinab, und große Angst erfüllte ihn. Ein Mann trat auf E Mkong zu und sprach: »Wie heißt du?«

»E Mkong«, sagte er.

»Ich auch, wir sind Namensvettern.«

Und er nahm ihn bei der Hand und führte ihn in seine Hütte. Dort reichte er ihm einen Lendenschurz. Da verließ die Angst E Mkong. Er freute sich, und sie gingen hinaus. Plötzlich aber erstarrten seine Arme, und seine Augen schlossen sich. Und doch sahen sie ein Licht. Es war, als schaute er mit geschlossenen Augen in die Sonne hinein.

E Mkong hatte zum erstenmal ein Feuer erblickt. Der Namensvetter ergriff seine Hände, schüttelte sie und nahm den Schatten von seinem Kopfe weg. Da konnte E Mkong wieder gehen, und dann setzten sie sich. Männer und Frauen brachten ihm Essen, wie er es noch nie gegessen hatte, gebratenen Taro und gebratene Bananen. Der Mund E Mkongs hatte jedoch nicht genug Kraft, um sich zu öffnen und einen Bissen zu tun. Nur seine Nase fing den köstlichen Duft der Speisen auf. Aber langsam kehrte die Kraft in den Leib E Mkongs zurück, und er aß. Er aß und aß, bis sein Bauch satt und auch die Augen und die Nase satt waren. Dann kam die Nacht und senkte sich auf die Menschen und Hütten. Und wieder erstarrten die Hände und Füße E Mkongs, und ein Schatten fiel auf seinen Kopf. Doch der Namensvetter ergriff seine Hände und schüttelte sie, und der Schatten verschwand. Der Mann sagte: »Warum fürchtest du dich? Die Nacht kommt, und der Tag geht fort. Doch die Nacht wird wieder verschwinden, und dann kommt der Tag. Jetzt werden wir schlafen.«

Und vor den Augen E Mkongs verwandelte sich der Mensch in eine Schlange. Und die Schlange rollte sich zusammen und schlief ein. Und plötzlich gab es keine Menschen, sondern nur noch Schlangen um ihn herum. Alle rollten sich zusammen und schliefen ein. Nur E Mkong blieb wach. Die Nacht war lang, sehr lang. Die Zikaden zirpten. Da endlich legte sich seine Angst, und auch er nickte ein.

Der Vogel Kau weckte ihn. Er pfiff. Da verschwand die Nacht. Und plötzlich gab es keine Schlangen, sondern wieder Menschen um ihn herum. Sie kamen und gingen. Auch der Namensvetter E Mkongs kam. Er brachte ein großes Blatt, in das packte er die Nacht, das Feuer, ein paar Zikaden und den Vogel Kau ein. All das schenkte er E Mkong. Dann zeigte er ihm den Weg aus dem Fluß.

Und E Mkong ging und stieg ans Ufer. Er nahm das Feuer und legte es ins Gras, bis die Halme knisterten. Es kamen Menschen, Männer und Frauen. Sie machten große Augen und starrten das Feuer und E Mkong an und dann wieder E Mkong und das Feuer. Denn ihr Kopf sagte ihnen, daß er doch im Fluß ertrunken war. Aber E Mkong tat den Mund auf und sprach: »Seht, ich habe euch das Feuer gebracht. Es lockt den Duft aus dem Essen heraus, macht es gut für die Zunge und warm für den Magen.«

Dann rollte er das große Blatt auf, und die Zikaden sprangen heraus, und auch die Nachtschwalbe Kau flog heraus. Und die Nacht kam aus dem großen Blatt und senkte sich auf die Menschen und auf die Tiere und auf die Bäume. Die Beine der Menschen erstarrten, und ein Schatten legte sich auf ihren Kopf. Die Zikaden zirpten, und die Menschen legten sich nieder und schliefen ein.

Und so ist es geblieben. Es kommen und gehen die Tage. Viele Tage und Nächte verbrennen wie Scheite. Wenn die Nacht kommt, brennt das Feuer. Die Zikaden zirpen, und der Kau pfeift, doch die Menschen sitzen da, plaudern und kauen. Ihre Beine erstarren nicht mehr, kein Schatten fällt auf ihre Köpfe. Nur manchmal, wenn ein Mann allein am Flußufer steht, sieht er wieder, wie die Finsternis und das Feuer aus dem großen Fluß hervorkommen, und er hört das Zirpen der Zikaden und das Zwitschern des Vogels Kau.

Märchen der Südsee.

Der Elefant und das Feuer

Die Trunkenheit ist immer eine böse Sache. Hört, was einem Elefanten passiert ist.

Eines Tages begab sich der Elefant zum Dorf des Feuers und stellte sich dort dem Feuer vor. Nach den üblichen Komplimenten gab er den Grund seines Kommens an: »Ich will einen Freundschaftspakt mit dir schließen. Ich kenne deine Stärke und deine mutigen Taten. Darum will ich dein Verbündeter sein.«

Vom vielen Lob geschmeichelt, nahm das Feuer den Vorschlag an und lud den neuen Freund ein, mit ihm zu speisen. Als sie fertig waren, sagte es: »Heute konnte ich dir kein gutes Mahl anbieten, weil du überraschend gekommen bist. Aber komm in drei Tagen wieder, mit deiner ganzen Familie, dann werden wir unseren Bund mit einem Festschmaus besiegeln.«

Der Elefant nahm an und zog ganz zufrieden von dannen. Am abgemachten Tag kam er also in das Dorf des Feuers, mit seiner ganzen Familie, Enkel und Urenkel inbegriffen. Das Feuer empfing die Gäste mit größter Freude und ließ sie unter einem Dach Platz nehmen, das extra für sie angefertigt worden war. Nach einiger Zeit, als die gegenseitigen Freundschaftsbekundungen vorbei waren, wurden so viele Speisen aufgetragen, daß sie ausgereicht hätten, um ein ganzes Heer von Elefanten satt zu bekommen. Es gab Ochsen und Ziegen vom Spieß, Maiskuchen, Reis, Bananen und Erdnüsse. Auch eine große Menge Bier wurde angeschleppt. Für dieses Mahl vergaßen die Elefanten ihre vegetarischen Bräuche und machten der Tafel ohne Skrupel Ehre: Sie aßen und tranken zur Genüge. Der Leitelefant mochte alles und freute sich, aber besonders gern mochte er das Bier. Er verlangte immer wieder danach. »Heute«, sagte er zum Feuer, »will ich mich betrinken, um dir damit meine Freude zu zeigen darüber, daß wir Freundschaft geschlossen haben.«

Das Feuer ließ neues Bier bringen, dann wirbelten die Trommeln, und die Spiele begannen. Vom Bier beseelt, tanzten die Elefanten wie entfesselt. Die Gärten und die Bananenhaine um das Dorf herum wurden zu Brei zerstampft.

Spät in der Nacht hatte das Fest ein Ende, und die Gäste kehrten zufrieden nach Hause zurück. Bevor sie gingen, bedankte sich der Elefant beim Feuer und lud es für die folgende Woche mit seiner ganzen Sippe in sein Dorf ein.

Am abgemachten Tag kam das Feuer mit seiner ganzen Familie ins Dorf des Elefanten. Alles war fein vorbereitet, und sie wurden mit Trommelschlägen und mit einer Rede des Elefantenchefs empfangen. Dann wurden Speisen und Getränke aufgetragen, nach jedermanns Geschmack. Sie aßen und tranken, und der Elefant beobachtete seine Gäste, ob ihnen das Gastmahl auch gefalle. Aber er schien nicht die Freude feststellen zu können, die er erwartete.

»Lieber Freund«, sagte er zum Feuer, »schmecken dir meine Delikatessen und mein Bier?« – »Alles ist vorzüglich«, antwortete das Feuer, »dein Gastmahl ist eines Königs würdig.« – »Ich möchte dich aber fröhlicher sehen«, erwiderte der Elefant. »Ich habe mich bei dir betrunken und möchte auch dich in meinem Haus betrunken sehen.«

Er ließ neues Bier und Palmwein kommen. Das Feuer wehrte ab: »Freund, die Trunkenheit ist immer eine schlimme Sache. Ich habe dein Mahl ehrlich genossen, und ich sehe, daß meine Leute zufrieden sind.« Der Elefant aber gab nicht nach: »Noch ein wenig Bier, dafür hast du doch noch Platz in deinem Bauch. Hab keine Angst, dich zu betrinken! Ein tiefer Schlaf macht alles wieder gut!«

Das Feuer versuchte noch einmal abzuwehren: »Freund, du weißt nicht, wie gefährlich meine Trunkenheit ist! Laß uns lieber schlafen gehen. Morgen früh werden wir heimkehren mit der unvergeßlichen Erinnerung an deinen wunderbaren Empfang!« – »Wenn es so ist«, sagte der Elefant, »dann muß ich annehmen, daß du meine Freundschaft nicht willst! Ich kann nicht anders denken!«

Daraufhin gab das Feuer nach. Es rief die Seinen zu sich und sagte: »Freunde! Trinken wir noch einmal! Hoch lebe unser Gastgeber! Ihr stellt euch an das eine Ende des Dorfes und ihr an das andere. Wir werden zum letzten Mal tanzen.«

Sie alle tranken – und dann kam der Weltuntergang! Die Flammen explodierten und brüllten mit entsetzlicher Wucht. Sie stürzten sich auf alles nieder und umzingelten alles mit einer glühenden Umarmung.

Die Elefanten flohen mit fürchterlichem Geschrei, aber die Flammen erreichten sie und verbrannten sie wie Bündel trockenen Strohs. Vom Feuer verfolgt, gelang es nur dem Leitelefanten, sich in den nahen Fluß zu stürzen, wo das Wasser ihn vor den tödlichen Flammenbissen schützte.

Das Feuer blieb am Ufer des Flusses stehen und rief: »Mein Freund, was ist los? Wohin gehst du?« – »Nenn mich bloß nicht mehr Freund«, murmelte der Elefant, während er sein qualmendes Dorf anstarrte. »Du hast mich beinahe gebraten. Nun ist alles aus zwischen uns!«

»Bedanke dich bei dem Wasser, das dich gerettet hat«, antwortete das Feuer, »und vergiß nicht, daß du es warst, der mich gereizt hat mit dem Ausspruch, daß die Trunkenheit ein Zeichen für Freundschaft sei! Denke ab heute daran, daß die Trunkenheit immer eine böse Sache ist.«

Afrikanisches Märchen

V. Im Zauberbann des Feuers

Und die Herrlichkeit des Herrn war anzusehen wie ein verzehrendes Feuer
(2. Mose 24,17)

Feuerbrand und Mais

Vor langer Zeit, als die Welt noch jung war und die Indianer erst seit kurzem darauf lebten, wohnte einer von ihnen fern von den anderen ganz für sich allein. Er ernährte sich von dem, was Wald und Prärie spendeten. Und das Feuer kannte er noch nicht.

In der Einsamkeit wurde ihm allmählich so traurig ums Herz, daß ihm das Essen nicht mehr schmeckte. Er sammelte keine Wurzeln und Nüsse mehr, er lag nur da und schlief. Da träumte ihm, ein schönes, schlankes Mädchen käme zu ihm, das trug einen grünen Rock und hatte Haare hell wie der Tag. Als er die Augen öffnete, stand das Mädchen wahrhaftig vor ihm. Der Mann wußte nicht, ob er träumte oder wachte. »Wer bist du, und wo kommst du her?« fragte er.

Aber das Mädchen gab keine Antwort. Und als der Mann aufstand und die Hände nach ihm ausstreckte, verschwand es wie Nebel über dem Fluß. Der Mann setzte sich nieder und begann zu singen. Er sang von seinem Leben und von seiner Einsamkeit. Er sang davon, daß das Mädchen zu ihm zurückkehren und bei ihm bleiben solle.

Da erschien es abermals und sprach: »Tu, was ich dir sage, und ich bleibe für immer.«

Das Mädchen führte ihn in die Prärie, gab ihm zwei trockene Hölzchen und sprach: »Reibe diese Hölzchen möglichst schnell über einem Häufchen trockenen Grases.«

Der Mann gehorchte. Er rieb die Hölzchen, bis ein Rauchwölkchen davon aufstieg. Ein Funke fiel herab und entzündete das trockene Gras. Wie ein Pfeil flog das Feuer über die mit verdorrtem Gras bedeckte Prärie.

»Jetzt nimm mich bei den Haaren«, sagte das Mädchen, »und schleife mich über die verbrannte Fläche.«

Der Mann sträubte sich. Er wollte dem Mädchen nicht weh tun. Aber es bestand darauf: »Wenn du nicht auf mich hörst, gehe ich fort, und du siehst mich nie wieder. Sonst aber kehre ich in einem Jahr zurück und bleibe für immer bei dir.«

Betrübt faßte der Mann das Mädchen bei den schönen Haaren und schleifte es über die Prärie. Als die Dunkelheit hereinbrach, verschwand es. Aber was es versprochen hatte, hielt es. Auf der Brandstätte erschienen Blättchen, daraus wuchsen hohe, schlanke Pflanzen empor. Ihre Fruchtkolben hatten ein grünes Röckchen an und einen hellen Haarschopf. So kehrte das Mädchen zu dem Mann zurück und blieb für immer bei ihm. Jahr für Jahr erschien es auf dem Feld und brachte reiche Ernte goldener Maiskörner.

Indianermärchen

Das kleine Mädchen mit den Schwefelhölzchen

Es war entsetzlich kalt, es schneite, und der Abend begann zu dunkeln; es war der letzte Abend des Jahres. In dieser Kälte und Dunkelheit ging auf der Straße ein kleines armes Mädchen mit bloßem Kopf und nackten Füßen. Als es das Haus verließ, hatte es freilich Pantoffeln angehabt. Aber was half das? Es waren sehr große Pantoffeln, die seine Mutter bisher getragen hatte, so groß waren sie; und die Kleine verlor sie, als sie über die Straße huschte, weil zwei Wagen schrecklich schnell vorüberrollten. Der eine Pantoffel war nicht wiederzufinden, mit dem anderen lief ein Junge fort; er sagte, er könne ihn als Wiege gebrauchen, wenn er selbst Kinder hätte.

Da ging nun das kleine Mädchen auf den nackten kleinen Füßen, die rot und blau vor Kälte waren. In einer alten Schürze trug es eine Menge Schwefelhölzchen und ein Bund davon in der Hand. Niemand hatte ihm den ganzen langen Tag etwas abgekauft, niemand hatte ihm einen kleinen Schilling geschenkt; hungrig und verfroren schlich es einher und sah so verschüchtert aus, das arme kleine Mädchen!

Die Schneeflocken bedeckten sein langes blondes Haar, das sich so hübsch im Nacken lockte; aber daran dachte es nun freilich nicht. Aus allen Fenstern glänzten die Lichter, und es roch in der Straße herrlich nach Gänsebraten; es war ja Silvesterabend, und daran dachte es.

In einem Winkel zwischen zwei Häusern, von denen das eine etwas weiter in die Straße vorsprang als das andere, setzte es sich hin und kauerte sich zusammen. Die kleinen Füße hatte es an sich gezogen, aber es fror noch mehr, und nach Hause zu gehen wagte es nicht. Es hatte ja keine Schwefelhölzchen verkauft und nicht einen einzigen Schilling bekommen, sein Vater würde es schlagen. Kalt war es zu Hause auch; über sich hatten sie nur das Dach, durch das der Wind pfiff, wenn auch die größten Spalten mit Stroh und Lumpen zugestopft waren.

Die kleinen Hände waren beinahe vor Kälte erstarrt. Ach! ein Schwefelhölzchen konnte ihm wohl guttun, wenn es nur ein einziges aus dem Bunde herausziehen, es an die Wand streichen und sich die Finger erwärmen dürfte. Es zog eins heraus »ritsch!«, wie sprühte, wie brannte es! Es war eine warme helle Flamme, wie ein kleines Licht, als es die Hände darüber hielt. Es war ein wunderbares Licht! Es schien dem kleinen Mädchen, als säße es vor einem großen eisernen Ofen mit blanken Messingkugeln und einer Messingtrommel. Das Feuer brannte so schön, und es wärmte so gut! Das kleine Mädchen streckte schon die Füße aus, um auch diese zu wärmen – da erlosch die Flamme, der Ofen verschwand, es hatte nur den kleinen Rest des abgebrannten Schwefelhölzchens in der Hand.

Ein neues wurde angestrichen, es brannte, es leuchtete, und wo der Schein auf die Mauer fiel, wurde diese durchsichtig wie ein Schleier. Es konnte gerade in die Stube hineinsehen, wo der Tisch mit einem weißen Tischtuche und feinem Porzellan gedeckt war, und herrlich dampfte die gebratene Gans, mit Äpfeln und getrockneten Pflaumen gefüllt. Und was noch prächtiger war, die Gans sprang von der Schüssel herunter und wackelte auf dem Fußboden, Messer und Gabel im Rücken, gerade auf das arme Mädchen zu. Da erlosch das Schwefelhölzchen, und nur die dicke kalte Mauer war zu sehen.

Es zündete noch ein Hölzchen an. Da saß es nun unter dem herrlichsten Weihnachtsbaum, der noch größer und geputzter war als der, den es am Heiligabend durch die Glastür bei dem reichen Kaufmann gesehen hatte. Tausende von Lichtern brannten auf den grünen Zweigen, und bunte Bilder, wie sie an Schaufenstern zu sehen waren, sahen herab. Das kleine Mädchen streckte die Hände danach aus – da erlosch das Schwefelhölzchen. Die Weihnachtslichter stiegen höher und höher, und es sah sie jetzt als helle Sterne am Himmel; einer von ihnen fiel herunter und bildete einen langen Feuerstreifen am Himmel.

»Jetzt stirbt jemand!« sagte das kleine Mädchen, denn die alte Großmutter, die einzige, die gut zu ihm gewesen und nun gestorben war, hatte ihm erzählt, daß, wenn ein Stern vom Himmel herunterfällt, eine Seele zu Gott emporsteigt.

Es strich wieder ein Hölzchen an der Mauer an, es leuchtete ringsumher, und in dem Glanze stand die alte Großmutter, so klar, so schimmernd, so mild und liebevoll.

»Großmutter!« rief die Kleine. »Oh! nimm mich mit! Ich weiß, du bist fort, wenn das Schwefelhölzchen erlischt, du verschwindest wie der warme Ofen, wie der herrliche Gänsebraten und der große prächtige Weihnachtsbaum!« Und es strich schnell den ganzen Rest der Schwefelhölzchen an, der noch im Bunde war, denn es wollte die Großmutter recht festhalten. Und die Schwefelhölzchen leuchteten mit einem solchen Glanze, daß es heller wurde als am hellen Tage. Großmutter war früher nie so schön, so groß gewesen. Sie nahm das kleine Mädchen auf ihre Arme, und sie flogen in Glanz und Freude so hoch, so hoch; und dort oben war weder Kälte noch Hunger, noch Angst – sie waren bei Gott.

Aber im Winkel des Hauses saß in der kalten Morgenstunde das kleine Mädchen mit roten Wangen und lächelndem Munde – tot, erfroren an des alten Jahres letztem Abend. Der Neujahrsmorgen ging über dem toten Kinde auf, das dort mit den Schwefelhölzchen saß, von denen ein Bund abgebrannt war. »Es hat sich erwärmen wollen!« sagte man. Niemand wußte, was es Schönes gesehen hatte, in welchem Glanze es mit der Großmutter zur Neujahrsfreude eingegangen war.

Hans Christian Andersen

Wie sich das Feuer an einem lebendigen Herzen entzündete

Diese Geschichte soll sich vor langer, langer Zeit zugetragen haben. Sie trug sich zu in einer Siedlung mit sieben Tschums, in denen sieben Familien lebten.

Eines Tages trafen sich alle Männer, um auf die Jagd zu gehen. Sie machten sich auf den Weg. Nur die Frauen und Kinder blieben im Lager zurück.

Drei Tage lebten sie allein, und alles war gut. Am dritten Tag aber, gegen Abend, geschah etwas. In einem der Tschums wollte die Frau Essen bereiten. Sie warf reichlich Holz in den Herd und hängte den Kessel mit Rentierfleisch über das Feuer. Dann setzte sie sich mit ihrem kleinen Sohn nahe dazu. Das Kind lachte auf ihren Knien, und die Frau lächelte ihm zu.

Plötzlich knackte ein Scheit, Funken stoben aus dem Herd, und ein Funke flog dem Kind auf die Hand. Das Kind begann zu weinen. Die Frau machte dem Feuer Vorwürfe: »Warum tust du das? Ich füttere dich mit Holz und versorge dich, und du fügst meinem Kind Schmerzen zu.«

Das Kind erschrak ob der heftigen Worte seiner Mutter und weinte noch lauter. Die Frau trug es durch das Tschum und wiegte es auf den Armen, doch es gab keine Ruhe. Vor Mitleid und Ärger versetzte die Mutter dem Kind einen Klaps. Da geriet das Kind ganz außer sich. Die Frau hätte sich selbst die Schuld geben sollen, aber sie war auf das Feuer böse.

»Da siehst du, was du angerichtet hast!« schrie sie. »Jetzt bekommst du kein Holz mehr, ich werde dich auseinanderschlagen und mit Wasser begießen.«

Sie legte das Kind in die Wiege und griff nach der Axt. Damit schlug sie auf das Feuer ein. Dann schöpfte sie einen Krug voll Wasser und goß es in den Herd. Zischend erlosch das Feuer.

»Das hast du davon, meinen Sohn zu erschrecken!« sagte die Frau. »Nun ist kein Flämmchen, kein Fünkchen mehr von dir übrig!«

Das Feuer brannte nicht mehr. Im Tschum wurde es dunkel und kalt. Das Kind weinte kläglich. Es fror.

Da besann sich die Frau. Sie beugte sich über den Herd, scharrte die Asche auseinander. Aber sie hatte selbst gesagt, kein Fünkchen sei übriggeblieben. So war es auch. Der Sohn weinte und weinte.

Ich werde ins Nachbarzelt laufen, Feuer holen und den Herd wieder anzünden, dachte die Mutter. Sie rannte los. Kaum aber trat sie bei den Nachbarn ein, da zuckte auch dort im Herd das Feuer und sank in sich zusammen. Die letzte blaue Flamme ließ ein Rauchwölkchen aufsteigen und erlosch.

Die Frau lief zu den anderen Nachbarn. Kaum aber öffnete sie die Tür, da erlosch auch bei ihnen das Feuer. Sie trat gar nicht erst ein, sondern schloß gleich wieder die Tür. So ging sie durch die ganze Siedlung, und überall erlosch das Feuer. Nun brannte es nur noch im letzten Tschum.

Hier aber wohnte eine Greisin, die war schon lange auf der Welt. Sie wußte viel, hatte viel gesehen. Die Frau stand vor ihrem Tschum und fürchtete sich einzutreten. Doch was sollte sie tun? Ihr kleiner Sohn würde noch erfrieren. Sie trat ein.

Das Feuer loderte qualmend auf und erlosch. Die Frau brach in Tränen aus. Die Greisin scharrte die Asche auseinander und suchte, ob nicht noch ein glimmendes Kohlestück übriggeblieben sei. Sie fand jedoch kein Fünkchen. Das Herdloch war kalt und schwarz.

»So etwas hat es noch nie gegeben«, sagte die Greisin. »Ich hüte mein Feuer gut und füttere es reichlich. Wenn ich zu Bett gehe, decke ich die Glut mit Asche zu. Warum ist das Feuer erloschen? Bist am Ende du daran schuld, du kalte Unke? Hast du vielleicht das Feuer in deinem Herd beleidigt?«

Die Frau ließ den Kopf hängen und schwieg.

»So ist das also«, sagte die Greisin. »Was machen wir jetzt? Wir wollen in dein Tschum gehen und nachschauen.«

Beide verließen das Tschum und gingen durch die Siedlung. Überall war es still und dunkel. Es war, als hätten die Menschen sie verlassen, als wäre sie ausgestorben.

Im Tschum der Frau hatte sich das Kind müde geweint, es konnte nicht mehr schreien. Die Greisin nahm ein Stück harziges Holz und versuchte Feuer zu reiben. Lange mühte sie sich ab, doch kein Feuer flammte auf.

Da ließ die Alte die müden Hände sinken und sagte zu der Frau: »Heilig ist das Feuer im Herd, es gibt uns allen Leben. Es leuchtet, wärmt und nährt. Wenn das Feuer erlischt, ist es, als wäre die Sonne erloschen. Wir müssen frieren und eines bösen Todes sterben.«

Die Greisin kniete nieder, und da sah sie die Herrin des Feuers in einem Herdwinkel sitzen. Ihre Kleidung war grau wie Asche, ihre Haut schimmerte wie aschebedeckte Kohlenglut.

Die Herrin des Feuers wiegte sich vor und zurück und sagte zu der Greisin: »Gib dir keine Mühe! Ihr werdet kein Feuer mehr haben. Die Frau hat mich gar zu sehr beleidigt. Sie hat mir die Axt ins Gesicht geschlagen, sie hat mir Wasser in die Augen gegossen, sie hat böse Worte gerufen!«

Die Greisin verlegte sich aufs Bitten: »Zürne uns nicht, Herrin des Feuers! Erbarme dich unser! Diese dumme Frau ist schuld, die anderen können nichts dafür.«

Die Herrin des Feuers schüttelte den Kopf, und ihre Haare umwallten sie wie blauer Rauch. Noch einmal flehte die Greisin: »Sage uns, was wir tun müssen, damit wieder Feuer in den Herden brennt. Wir werden alles ausführen, was du uns befiehlst.«

Die Herrin des Feuers antwortete: »Ich nicht und ihr nicht, niemand hat die Worte oder die Kraft, das Feuer wieder brennen zu machen wie zuvor. Nur ein Menschenherz kann es erneut entzünden.«

Die junge Frau saß da, drückte ihr Kind an die Brust und weinte. Die Greisin sagte zu ihr: »Siehst du nun, was du angerichtet hast? Alle sieben Familien müssen wegen dir unvernünftigem Weib zugrunde gehen! Jäger, so kühn wie ergrimmte Bären und stark wie Elche, werden sterben. Fleißige Frauen werden an ihrem kalten Herd hinsiechen. Kleine Kinder, alte Männer und Frauen, alle werden umkommen. Es gibt kein Leben ohne Feuer.«

Die Tränen der Frau waren getrocknet. Sie stand auf, gab das Kind der Greisin und sagte: »Behüte es gut!«

Und sie stürzte sich auf die Herdsteine. Die Herrin des Feuers legte ihr die Hand aufs Herz. Sogleich stieg eine Flamme empor. Das Feuer brodelte und bullerte im Herd. Die Greisin sah noch die Herrin des Feuers die Frau in ihre Flammenarme nehmen und mit den Funken durch die Rauchöffnung verschwinden.

Da sprach die Greisin: »Von diesem Tschum wird die Legende ausgehen, wie sich das Feuer an einem lebendigen Herzen entzündete. Für alle Zeiten werden sich die Selkupen an das erinnern, was in unserer Siedlung geschah. Sie werden das Feuer im Herd hüten!«

Sibirisches Märchen

VI. Feuer – mythisch

Preist ihn, Winde, Feuer, Glut
(Zusätze Daniel 41,54)

Die zerstrittenen Hüter des Feuers

Was soll ich euch über Ugniedokas und Ugniegawas erzählen? Daß sie Brüder und den Engeln ähnlich waren und graue Flügel hatten? Daß beiden die Augen wie Feuerglut flammten, daß ihre Hände groß wie Schaufeln und immer rußgeschwärzt waren?... Es ist wahr, daß sie ihre Flügel häufig ablegten, das heißt immer, wenn sie zu den Menschen gingen, um sie zu bestrafen oder zu belohnen. Dann waren sie nicht von Wandergesellen zu unterscheiden, die irgendwo in einer Schmiede einen Schmiedehammer in die Faust nehmen oder als Söldner für einen König in den Krieg ziehen.

Die Sage berichtet, daß sie früher auf der Welt waren als das ganze Menschengeschlecht, und das dürfte auch stimmen. Die erste Arbeit, die sie ausführten, bestand darin, daß sie vier Feuersäulen errichteten. Sie hämmerten eine Ewigkeit lang an ihnen herum, bevor sie sie endlich aufstellen und damit den ganzen Himmel stützen konnten. Die Funken, die damals unter Ugniedokas' und Ugniegawas' Hämmern hervorstoben, blieben hoch oben am Himmel hängen und wurden zu Sternen. Das ist wahrscheinlich der Grund für den Geheimvertrag zwischen den Brüdern und den Sternen, die ihnen Feuer schicken, sooft die Brüder es verlangen.

Ugniedokas und Ugniegawas leben nicht auf der Erde, sondern tief im Erdinnern. Ihr werdet bestimmt schon von den Bergen gehört haben, die von Zeit zu Zeit Feuer speien und von deren Hängen glühende Lava herabfließt. Nun, da sind Ugniedokas und Ugniegawas mit ihren Schmiedehämmern bei der Arbeit.

Es ist schon lange, sogar sehr lange her, daß Ugniedokas und

Ugniegawas noch nicht zerstritten waren und ihnen die Arbeit flink von der Hand ging. Ugniegawas schürte das Feuer und betätigte den Blasebalg. Ugniedokas schwang den Hammer und formte das glühende Eisen zu Pflügen oder Ketten. Die warfen die Brüder dann den staunenden Menschen zu, die damals weder das Feuer noch das Eisen kannten.

So halfen sie auch einmal einem Bauern aus der Not. Dieser kehrte bei Einbruch der Dunkelheit mit seinem Wagen von einer weiten Fahrt nach Hause zurück. Es war Winter, der Weg, der hoch hinauf ins Gebirge führte, war vereist. Die Pferdehufe glitten aus, der Wagen rutschte zurück, ehe er durch einen Baum aufgehalten wurde. Der Bauer mochte mit der Peitsche knallen, soviel er wollte, und die schwitzenden Pferde mochten sich noch so sehr anstrengen, der Wagen rührte sich nicht von der Stelle. Bald wurde es ganz finster, und ein eisiger Sturm erhob sich. Der Mann stieg vom Wagen und setzte sich erschöpft und ratlos auf einen Stein am Wegrand, und wenn er nicht ein so harter Bergbauer gewesen wäre, hätte er sicher geweint.

Plötzlich näherten sich zwei Fremde, die vor ihm halt machten.

»Warum bist du nicht schon zu Hause?« brummte der eine.

»Ich wäre es ja gern«, sagte der Bauer, und bemühte sich, vor Angst nicht zu stottern, »aber den Pferden greifen die Hufe nicht, und ich allein kann den Wagen nicht ziehen.«

»Wie würde es auf der Erde zugehen, wenn sich die Menschen statt der Pferde vor den Wagen spannten«, rief der zweite Fremde aus. Dann klatschte er dreimal in die Hände, und auf dem Eis strahlte ein helles Licht, aus dem kleine rote Zungen schlugen, die eine angenehme Wärme verbreiteten. Der Bauer kannte dieses Licht noch nicht – es war das Feuer.

»Reiche mir den Stein herüber, auf dem du sitzt!« befahl der zweite Fremde danach. Als sich der Bauer vergeblich bemüht hatte, dem Befehl nachzukommen, bückte sich der Fremde selbst, hob mit einer Hand den Stein auf und warf ihn ins Feuer. Es gab noch einige Handvoll gefrorener Erde dazu, und bald leuchtete in der Glut reines, weißglühendes Eisen.

Auf einmal aber hielten die beiden Fremden Hämmer in den

Händen und droschen auf das Eisen ein, daß die Funken sprühten. Und wenig später lagen auf dem Eis vier Paar Hufeisen.

Der Bauer, der nie zuvor ein Hufeisen gesehen hatte und so auch nicht wußte, wozu diese dienen sollten, wollte seinen Augen nicht trauen, als er sah, was dann geschah. Die beiden Fremden nahmen ein Hufeisen nach dem anderen und beschlugen damit die Hufe der Pferde.

»Jetzt wirst du ohne Ärger nach Hause kommen!« sagten sie, als sie ihre Hämmer fortgeschleudert hatten.

Der Bauer knallte mit der Peitsche, eigentlich nur, um die Fremden nicht zu beleidigen, aber siehe da: Die Pferde zogen an und jagten den Berg hinauf, als hätten sie einen unbeladenen Wagen hinter sich.

Der Bauer wollte den Fremden noch einen Dankesgruß zurufen, aber sie waren verschwunden. Durch den Erdboden waren sie in ihre unterirdische Schmiede gelangt.

Seit jenen Tagen, da die Menschen das Hufeisen zum ersten Mal sahen und begriffen, wozu es nützlich ist, verstrich wieder eine lange, lange Zeit bis zu dem Tag, an dem Ugniegawas und Ugniedokas sich zerstritten, um sich niemals mehr ganz auszusöhnen.

Und so geschah es: Ugniedokas war mitten im Winter allein zu den Menschen gegangen. Es war schon dunkel, als er in ein Dorf kam. Er klopfte an die Tür des ersten Hauses, um sich dort ein wenig zu wärmen. Ein in einen dicken Pelz gehüllter Bauer, die Fellmütze tief ins Gesicht gedrückt, öffnete ihm und ließ ihn eintreten. Im Haus war es so finster, daß Ugniedokas sich mit den Händen vorantasten mußte, bis er eine Bank fand und sich setzen konnte.

»Warum hast du kein Feuer?« fragte er.

»Feuer?« fragte der Bauer und schüttelte verständnislos den Kopf.

»Ja, Feuer«, sagte Ugniedokas. »Warum brennt bei dir kein Feuer, damit wir uns wärmen, und kein Kienspan, damit wir uns in die Augen blicken können?«

»Ist Feuer vielleicht das, was nachts die Sterne erhellt? Aber wenn es das ist, wer würde schon hinaufsteigen, um das Feuer zu holen?« fragte der Bauer verdrießlich.

Ugniedokas lächelte nur, tastete mit der Hand auf dem Boden herum, bis er ein Holzscheit gefunden hatte, und forderte den Bauern auf, mit ihm vor das Haus zu gehen. Dort trat er einige Schritte zur Seite, hob das Holz den Sternen entgegen und murmelte etwas. Auf dem Holzscheit erschien zuerst ein kleines Flämmchen, das züngelte hoch, ihm folgten zwei, drei, vier andere, und dann brannte das Holzscheit in einer einzigen Flamme. Ugniedokas legte es auf den Boden und schichtete andere Scheite darüber. Es dauerte nicht lange, und der Bauer mußten den Pelz ausziehen, so heiß war ihm geworden.

Am folgenden Tag errichtete der Bauer mit den anderen Bewohnern des Dorfes einen großen Herd. Ugniedokas heizte mit dicken Holzstücken ein und ging ans Werk. Er schlug mit dem schwaren Hammer das glühende Eisen und formte Schaufel und Spaten, Hacke und Sichel, Sense, Hammer und Zange und noch viele andere nützliche Dinge. Natürlich wollten es ihm die Bewohner sogleich nachtun, und so wurde das Dorf bis tief in die Nacht hinein in eine große Schmiede verwandelt. Als jeder eine Probe seiner Geschicklichkeit abgegeben hatte, kehrte Ugniedokas zu seinem Bruder zurück.

Doch Ugniegawas, der schon wußte, welches Geschenk die Menschen erhalten hatten, empfing seinen Bruder mit zornrotem Gesicht. »Wo warst du?« fuhr er ihn an.

»Bei den Menschen, wo sollte ich sonst gewesen sein? Sie werden sich jetzt nicht mehr so plagen müssen und sich alles, was sie zur Arbeit brauchen, selbst schmieden können«, lächelte Ugniedokas.

»Zur Arbeit...« lachte Ugniegawas höhnisch; dann packte er seinen Hammer und ging hinaus. Er mußte das Schmiededorf nicht lange suchen, denn der Klang der Hämmer war weithin hörbar.

Ugniegawas ging schweigend zum Herd, den sein Bruder angeheizt hatte, nahm ein großes Eisenstück und ließ den Hammer wütend niedersaußen. Und unter seinen Händen entstanden keine gebogenen, sondern gerade Gegenstände, die unheildrohend wie Blitze aussahen. Es entstanden Schwerter, Piken, Dolche, Speere, lange Messer, Streitäxte und Pfeile. Die Menschen sahen Ugniegawas staunend zu und taten es ihm bald nach. Der warf schließlich den Hammer weg und ging schweigend davon.

Seit dieser Zeit mähten auf der Erde nicht nur Sicheln und Sensen, sondern klirrten auch Schwerter und flogen Speere. Das Feuer wärmte die Menschen zwar weiterhin, aber es verursachte auch Brände. Soldaten zogen durch die Lande, und Kriege brachen aus. Damals verbündete Ugniegawas sich wieder mit Ugniedokas; der Schlachtenlärm war zwar nicht mehr aus der Welt zu schaffen, aber gemeinsam standen sie nun den Schwächeren bei.

Einst belagerten Kriegerhorden ein Königreich. Der König rief seine Untertanen zusammen und bewaffnete sie mit den wenigen Waffen, die er besaß. Bald sah sich seine kleine Heerschar dem vielfach überlegenen Haufen der Belagerer gegenüber, deren Schwerter, Hellebarden und Rüstungen in der Sonnen glänzten.

Als der König die Krone vom Haupt nahm, um sie durch einen Helm zu ersetzen, standen plötzlich zwei hochgewachsene, starke Männer, die einander ganz ähnlich sahen, neben ihm.

Der König nahm ihr Angebot, ihm helfen zu wollen, freundlich an. Aber im stillen dachte er: Wie sollten sie mir mit leeren Händen helfen können? Doch die Fremdlinge stellten sich zu beiden Seiten des Königs auf, und noch bevor das erste feindliche Schwert zuschlagen konnte, flammte rings um die Schar des Königs eine Flammenwand empor und verhinderte jeden Angriff.

»Ugnidokas! Ugniegawas!« riefen die Bauern freudig aus. Sie, denen auch Waffen in die Hände gegeben worden waren, wußten, wer auf ihrer Seite stand.

Als die feindlichen Krieger erkannten, daß sie die Feuerwand nicht durchbrechen konnten, schleuderten die einen ihre Wurfspieße, die anderen große Steine. Doch alle prallten ab und flogen in die eigenen Reihen zurück. Schließlich stieg aus der Feuerwand dichter dunkler Rauch, der trieb die Belagerer weit fort.

Der dankbare König gab Ugniedokas noch am selben Tag seine einzige Tochter zur Frau. Alle, die mit in den Kampf gezogen waren, durften auch an der Hochzeitstafel sitzen. Es wurde gegessen und getrunken. Zur Rechten des Königs saßen Ugniedokas und die Prinzessin, zur Linken hatte Ugniegawas Platz genommen. Seine Blicke ließen erkennen, wie Neid und Zorn Besitz von ihm ergriffen. Für ihn hatte der König also keine Tochter!

Plötzlich schlug er mit der Faust wütend auf den Tisch, wo sogleich ein Feuer aufloderte. »Was soll das bedeuten?« fragte der König verwundert.

»Ein Bauer, der hundert Meilen von hier entfernt wohnt, hat mich einmal beleidigt, König. In diesem Augenblick habe ich seinen Hof in Flammen aufgehen lassen!« lachte Ugniegawas.

Kaum hatte Ugniedokas dies gehört, nahm er seinen Becher und schüttete den Wein in die Flamme, so daß sie erlosch. Um so glühender flammten seine Augen auf, als er dem Bruder zurief: »Hier hat dich niemand beleidigt! Es ist dein Neid, der dich nicht ruhen läßt, der zudem einem Unschuldigen Unheil bringt!« Damit schleuderte er den leeren Becher gegen den Bruder.

Der König konnte sich den Streit zwischen den Brüdern nicht erklären, er hatte jedoch begriffen, daß Ugniegawas einem Bauern hatte Schaden zufügen wollen. Darum schickte er sogleich Boten aus, die ihm bei ihrer Rückkehr berichteten, daß während des königlichen Gastmahls tatsächlich in einem Gehöft ein Brand ausgebrochen und bald wieder von selbst erloschen sei. Ugniedokas' Wein hatte dem armen Bauern wenigstens die Hälfte seines Besitzes gerettet.

Ugniedokas aber war auf Ugniegawas nun so böse, daß er mit seiner jungen Frau weit fort zog. An einem kristallklaren See baute er sein Haus. Dort wurden auch seine drei Töchter geboren, die zu schönen und sanften Mädchen heranwuchsen. Ugniegawas sollte sie nicht zu sehen bekommen!

Ugniedokas bedachte nicht, daß er und Ugniegawas Brüder waren und durch geheimnisvolle Bande miteinander verbunden blieben.

Ugniegawas hatte ebenfalls geheiratet, wenn auch keine Königstochter. Ihm waren drei Söhne geboren worden, die zu großen, stattlichen, und dabei doch wie Tannen schlanken Jünglingen heranwuchsen. Vom Vater hatten sie sowohl Kraft und Ausdauer als auch die wilde Unruhe geerbt. Wenn sie auf die Jagd gingen, erlegten sie das Wild nicht nur, um ihren Hunger zu stillen, sondern auch aus bloßer Freude am Töten.

Auf einem solchen Jagdzug gelangten sie eines Tages an den kristallklaren See. Sie gingen ein Weilchen am Ufer entlang, tranken das kühle Wasser und schliefen schließlich im hohen Gras ein.

Doch schon bald rieben sie sich wieder den Schlaf aus den Augen. Lieblicher Gesang hatte sie geweckt. Und als sie um sich blickten, entdeckten sie auf den großen Felsblöcken am Seeufer drei wunderschöne Mädchen. Die kämmten ihre langen, goldenen Haare, betrachteten ihr Spiegelbild im Wasser und sangen:

Unser Haar gleicht Sonnenglanz,
gleicht der Flammen feurigem Tanz,
Waldesdunkel uns noch bindet
bis den Zauber jemand findet.

Als der Wasserspiegel ihnen das Bild von den drei Jünglingen zeigte, hielten sie erschrocken inne. Die Jünglinge aber fuhren fort:

Alles Feuer hat zwei Farben:
Rot und Gold in gleichen Garben.
Nur der Weise kann erkennen,
welche wärmen, welche brennen.

Die Mädchen drehten sich um und gingen, wie von einer unsichtbaren Macht getrieben, den Jünglingen entgegen. Kaum aber hatten diese die Töchter Ugniedokas' umarmt, da verwandelte sich jedes Paar in einen roten Vogel mit purpurnem und goldenem Gefieder. Wie lodernde Feuer flogen sie auf und verschwanden hinter den Baumkronen.

Als Ugniedokas erfuhr, was mit seinen Töchtern geschehen war, hätte er seinen Bruder am liebsten mit dem Hammer erschlagen. Doch er wußte nur zu gut, daß Ugniegawas und er unsterblich waren. Ugniegawas aber forderte ihn zum Zweikampf auf. Hatte er doch durch die Begegnung mit den Töchtern Ugniedokas' seine Söhne verloren!

»Ich nehme deine Herausforderung an. Aber erst dann, wenn alle Sterne am Himmel verbrennen und auch der letzte erloschen ist!« antwortete ruhig der Bruder.

Ugniegawas war einverstanden. Stunde um Stunde, Tag um Tag, Jahr um Jahr fachen Ugniegawas und Ugniedokas seither die Glut ihrer Feuer an und lassen ihre Hämmer auf die Ambosse herniedersausen. Auf dem Amboß Ugniedokas' entsteht allerlei nützliches Werkzeug, neben dem Amboß Ugniegawas' aber türmen sich die Waffen.

Geben wir nun acht, daß die Sterne niemals verbrennen, daß ihr Licht niemals erlischt.

Litauisches Volksmärchen

Der Zauberer »Großes Feuer«, »Weiße Wolke« und »Schnee«

Vor langen, langen Zeiten lebte auf unserer Erde der mächtige Zauberer »Großes Feuer«. Er wohnte in einem hohen Berg und hatte Kraft wie kein anderer. Er konnte die Erde erbeben lassen, daß die Berge barsten, die Bäume umknickten und die Flüsse über die Ufer traten. Wenn er tief ausatmete, loderte sein Feueratem bis in die Wolken hinauf.

Im weiten Umkreis mußten die Menschen ständig auf der Hut sein, denn wenn »Großes Feuer« wütend wurde, spie er eine schwarze Wolke aus, die dann flüssigglühend niedersank und Häuser, Felder und Weinberge in Schutt und Asche legte.

Seit Menschengedenken hauste »Großes Feuer« allein in seinem Berg. Eines Tages aber erwachte in ihm die Sehnsucht nach einer Gefährtin, die ihm seine Einsamkeit versüßen sollte.

Immer wieder schweifte sein Blick zum Himmel hinauf, in dessen azurblauem Glanz eine wunderschöne junge Frau namens »Weiße Wolke« tanzte. Sie war die Auserwählte des Sonnenballs, der sie den ganzen Tag nicht aus den Augen verlor und nach Herzenslust mit ihr spielte und scherzte. Bald zog er sie so nahe zu sich heran, daß sie von seinen Strahlen ganz durchglüht war, bald ließ er sie sanft hinabgleiten bis zu den Gipfeln der Berge. Oh, wie gefiel dem Zauberer dieses Mädchen!

Als der Sonnenball wieder einmal mit seiner liebsten Gespielin am Firmament sein fröhliches Spiel trieb, ließ der Zauberer in seinem Berg ein dumpfes Grollen hören, schnellte seinen feurigen Arm hoch empor und zog »Weiße Wolke« blitzschnell zu sich herunter in sein feuriges Reich und machte sie zu seiner Frau.

Traurig suchte der Sonnenball überall nach seiner Geliebten, aber dorthin, wo der Zauberer sie gefangenhielt, konnte kein Sonnenstrahl je gelangen.

»Großes Feuer« hielt »Weiße Wolke« in der tiefsten und finstersten Höhle seines Berges versteckt und wachte eifersüchtig darüber, daß sie nie wieder das Sonnenlicht erblickte. Er verschloß die Höhle, in der er die Unglückliche gefangenhielt, mit einem mächtigen Tor, und nur des Nachts durfte sie ihr unterirdisches Gefängnis verlassen, sich am Tau zu laben und aufzublicken zum sternenfunkelnden Himmel.

Nach einiger Zeit schenkte »Weiße Wolke« dem Zauberer eine Tochter – die war über die Maßen schön, und ihre zarten Glieder schimmerten wie Alabaster. Die Mutter gab ihr den Namen »Schnee«. »Großes Feuer« hing mit abgöttischer Liebe an seiner Tochter, und er konnte sich an ihrer Schönheit nicht satt sehen. Als »Schnee« heranwuchs, hütete sie ihr Vater noch sorgsamer als seine Frau und ließ sie weder tags noch nachts aus der finsteren Höhle, so daß »Schnee« lange Zeit gar nicht ahnte, daß es außer dem Berg, in dem sie lebte, noch eine andere Welt gab.

Einmal geschah es, daß »Großes Feuer« in seiner übertriebenen Sorge um die Tochter ganz und gar vergaß, seine Frau wieder in ihrer Höhle einzusperren, die sie zu ihrem Nachtspaziergang verlassen hatte. So weilte »Weiße Wolke« noch bei Tagesanbruch draußen auf dem Berghang.

Da brauste auf einmal der Wind heran, der »Weiße Wolke« schon lange heimlich liebte. Endlich hatte er eine Gelegenheit gefunden, sie zu entführen! Er umfaßte ihre schlanke Gestalt mit seinen starken Armen und trug sie weit, weit weg, zog mit ihr um die ganze Erde, sorgsam darauf bedacht, daß sie weder zum Sonnenball hinauf noch hinunter in den Berg gelangen konnte, wo ihre liebe Tochter »Schnee« nun allein zurückgeblieben war, noch strenger bewacht von dem eifersüchtigen Vater.

Immer, wenn »Weiße Wolke« auf der wilden Jagd um die Erde in die Nähe des Berges kam, bat sie den Wind inständig, doch nur ein Weilchen innezuhalten, damit sie Ausschau nach der Tochter halten könnte. Aber auch wenn der Wind ihre Bitte erfüllte, so gelang es ihr doch kein einziges Mal, »Schnee« zu erspähen. Da weinte »Weiße Wolke« jedesmal bitterlich, und all ihre Tränen fielen als feiner, dichter Regen auf die Berghänge nieder.

Der Regen weckte jedesmal den Zauberer »Großes Feuer« und erinnerte ihn an seinen Verlust. Da packte ihn ohnmächtiger Zorn, er stieß ein lautes Grollen aus und langte mit feuriger Hand nach »Weiße Wolke«. Doch der Wind war schneller und jagte mit ihr davon. Und der Zauberer hatte das Nachsehen.

Aber durch das Wüten des Zauberers war das Tor, hinter dem »Schnee« gefangen war, geborsten, so daß der Schein des Tageslichtes durch den Spalt hereindrang. Verwundert schaute das Mädchen nach, was es dort gäbe. Da erblickte es einen Schimmer von der Welt, die ihm bisher verborgen war. »Schnee« zwängte sich durch den Spalt hinaus ins Freie und stand wie geblendet. Zum erstenmal sah sie den Himmel und den leuchtenden Sonnenball, der sie mit seinem Glanz immer höher den Berg hinauflockte. Erst dicht unter dem Gipfel hielt sie inne und schaute erstaunt um sich. Welche Schönheit breitete sich rund um sie aus! Blaue Berge, grüne Ebenen, durchzogen von silbernen Flußbändern, und fern am Horizont wie ein riesengroßer Spiegel – das Meer.

Der Sonnenball erkannte in »Schnee« sogleich die Tochter seiner geliebten »Weißen Wolke«. Strahlend vor Freude kam er herab, sie zu umarmen und zu küssen. Doch unter der Glut seines Kusses zerschmolz Schnee zu kristallklarem Wasser, das in vielen kleinen Rinnsalen bergab lief. Die Bächlein vereinigten sich zu einem Wildbach, der sich brausend und schäumend von den Felsen hinabstürzte ins Tal, um sich dort in einen ruhigen, heiter lächelnden See zu ergießen. An der Stelle aber, wo der Wasserfall auf die Oberfläche des Sees auftrifft, wölbt sich ein wunderbarer in allen Farben schimmernder Regenbogen bis über den Berggipfel hinauf in den Himmel, wo Sonne und Wind ihre Heimstatt haben. Mit diesem Band vereinte und versöhnte die Tochter der »Weißen Wolke« den Sonnenball mit dem Wind und besänftigte auch den Zorn des Zauberers »Großes Feuer«.

Von nun an herrscht statt des erbitterten Kampfes Frieden und Eintracht zwischen ihnen. Mit den ersten Herbststürmen kommt »Schnee« und besucht ihren Vater, den Zauberer »Großes Feuer«. Sie lagert sich am Scheitel seines Berges und umwindet sein Haupt mit einem schneeweißen Kranz.

Im Frühling kommt der Sonnenball zur Tochter seiner lieben »Weißen Wolke« und küßt sie mit brennenden Lippen. Dann schmilzt »Schnee« zu kristallklarem Wasser, das wie mit kühlen Fingern die Stirn des Zauberers »Großes Feuer« streichelt und schließlich als brausender Wasserfall zu Tal stürzt. Über die Regenbogenbrücke wandert Schnee dann zum Himmel hinauf, wo sie mit ihrer Mutter »Weiße Wolke« freudiges Wiedersehen feiert.

Dann nimmt der Wind die beiden in seine Arme. Er tanzt mit ihnen durch die Lüfte und trägt sie dem Sonnenball entgegen, der sie mit seinen Strahlen streichelt. Da weint »Weiße Wolke« vor Freude über das Wiedersehen. Ihre warmen Tränen fallen als lauer Sommerregen auf die Erde hinab, speisen Quellen, Bäche und Flüsse und füllen das Meer.

Aus den endlosen Weiten des Meeres erschafft der Sonnenball immer aufs neue seine geliebte »Weiße Wolke« und schickt in ihr das lebenspendende Wasser wieder und wieder auf die Reise, in ewigem Kreislauf.

Indianermärchen

Phaethon

Der junge Phaethon kam eines Tages weinend zu seiner Mutter gelaufen. »Niemand glaubt mir, daß mein Vater ein Gott ist«, schluchzte er. »Ich habe mit den Jungen gespielt, und sie haben mich ausgelacht. Sie sagen, ich gebe nur an.«

Die Mutter umarmte und tröstete ihn: »Dein Vater, Söhnchen, ist wirklich ein Gott. Schau hinauf zum Himmel. Der Sonnenball, der am Himmel brennt, leuchtet und strahlt, ist dein Vater. Er sieht, wie du mit den Jungen spielst, wie du im Fluß badest, er sieht alles, was auf der Erde geschieht. Dein Vater ist der Sonnengott Helios.«

Phaethon schaute zum Himmel und sehnte sich nach seinem Vater. »Ich gehe zu ihm«, sagte er, »ich will ihn besuchen.«

Die Mutter widersprach nicht. »Geh nur«, und sie streichelte sein Haar, »er wird dich gewiß gern sehen. Du mußt immer nach Osten gehen, bis du zu einem hohen Felsen kommst. Auf den Felsen führt ein Pfad, und am Ende des Pfades, auf der Spitze des Felsens, steht die Sonnenburg deines Vaters Helios.«

Voll Ungeduld machte Phaethon sich fertig und brach auf. Er ging und ging, immer nach Osten, bis er zu dem hohen Felsen kam. Die Burg des Sonnengottes schimmerte in der Ferne, und die hohen goldenen Säulen, auf denen sie stand, brannten am Himmel wie Flammen. Das zweiflüglige Burgtor, aus Silberstrahlen geschmiedet, leuchtete Phaethon entgegen, obwohl auf der Erde unter dem hohen Felsen schon lange Nacht war.

Phaethon betrat die Sonnenburg. Er mußte stehenbleiben und die Augen schließen vor der gewaltigen Lichtflut. Mitten im Saal saß auf einem mit Edelsteinen besetzten Thron der Gott Helios. Um ihn standen im Kreis die Stunden, Tage, Monate, Jahre und Jahrhunderte. Als Phaethon sich an den Glanz und die Helle gewöhnt hatte, erblickte er neben dem Thron des Vaters noch weitere Gestalten. Lächelnd stand dort der junge Frühling mit bekränztem Haar, der Sommer mit einem Ährenkranz, der Herbst, über und über von Traubensaft bespritzt, und der eisige Winter mit wirrem grauem Haar. Und da erklang schon glockengleich durch die Burg die Stimme des Gottes Helios: »Willkommen, mein Sohn Phaethon. Warum bist du zu mir gekommen?«

Phaethon überwand seine Scheu und trat mutig vor den Vater: »Auf der Erde werde ich ausgelacht. Man sagt, ich lüge und prahle. Man glaubt mir nicht, daß mein Vater ein Gott ist. Ich bitte dich, wenn du kannst, zeige allen, daß ich wirklich dein Sohn bin.«

Helios nahm die funkelnden Strahlen vom Kopf, winkte Phaethon zu sich und umarmte und küßte ihn. »Du bist mein Sohn, Phaethon«, sagte er, »und ich will es dir beweisen. Wünsch dir, was du willst, und ich werde es dir erfüllen.«

Phaethon lachte stolz: »Ich weiß, daß du täglich in einem goldenen, von Zauberpferden gezogenen Wagen von Ost nach West über den Himmel fährst. Ich wünsche mir, wenigstens einmal diesen Wagen lenken zu dürfen.«

Da erschrak Helios und bedauerte sein Versprechen.

»Nur das nicht«, redete er dem Sohn zu, »wünsch dir etwas anderes. Du bist jung und wirst die wilden Pferde nicht halten können. Der Weg des Sonnenwagens ist beschwerlich. Morgens steigt der Wagen steil am Himmel empor, und wenn er den höchsten Punkt erreicht, erfaßt sogar mich der Schwindel von dieser Mittagshöhe. Dann liegt vor dem Wagen die abschüssige Straße hinab zu den Meereswellen. Es braucht eine starke Hand, damit der Wagen nicht samt Pferden und Lenker kopfüber in die Tiefe stürzt.«

Doch der Sonnengott konnte reden, was er wollte. Phaethon ließ sich nicht abbringen. Er brannte danach, seinen Freunden und allen Menschen auf der Erde zu beweisen, daß er der Sohn des Sonnengottes war. Und der Gott mußte sein Versprechen halten.

Seufzend nahm Helios den Sohn um die Schulter und führte ihn zu dem goldenen Wagen, der nach allen Seiten blendenden Glanz ausstrahlte. Während Phaethon den prächtigen Anblick bestaunte, öffnete die Morgenröte im Osten das Purpurtor und gab den Blick auf einen Saal voller Rosen frei. Die Nacht floh vor dem Morgenrot, und es wurde Zeit, die Feuerpferde vor den Sonnenwagen zu spannen.

Der Sonnengott bestrich Phaethon das Gesicht mit einer Zaubersalbe, um ihn vor den Strahlen zu schützen, und gab ihm letzte

Ratschläge: »Lieber Sohn, wenn du dich von der gefährlichen Fahrt schon nicht abbringen läßt, so gib acht, daß du mit dem Wagen nicht zu hoch fährst, du würdest den Himmel verbrennen; fährst du aber zu niedrig, versengst du die Erde. Darum halte dich in der Mitte zwischen Himmel und Erde. Gebrauche nicht die Peitsche, die Pferde stürmen schon von allein vorwärts. Den Weg erkennst du leicht, du siehst die Spuren meiner Räder, halte dich an sie.«

Phaethon nickte, aber er hörte nicht einmal, was der Vater sagte. Schon sprang er auf den Wagen, ergriff die Zügel und jagte freudig im Galopp aus der väterlichen Burg. Der gleißende Wagen zerriß den Nebel, und unter den Hufen der Sonnenpferde sprühten Funken aus der Luft. Zuerst galoppierten die Pferde in der gewohnten Bahn, daß Phaethons Haare nur so flogen. Dann aber spürten sie, daß sie von einer fremden, unsicheren Hand gelenkt wurden und daß der Wagen leichter war als sonst. Und da verließen sie die ausgefahrene Bahn. In wilder Fahrt schleuderten sie den Wagen hin und her und jagten damit, wohin es ihnen gefiel. Angsterfüllt schaute Phaethon von der Himmelshöhe hinab zur Erde. Tief unter ihm lagen Berge, Flüsse und Städte im strahlenden Licht seines Wagens. Phaethon erbebte, und Schwindel erfaßte ihn. Die Zügel entglitten ihm und fielen lose auf die Rücken der Pferde. Die Pferde bäumten sich auf und rasten bis zu den Sternen und dann wieder durch Rauchwolken der Erde zu. Wo der Sonnenwagen sich der Erdoberfläche näherte, schlugen Flammen empor. Der Boden vertrocknete und brach auf, im Erdreich öffneten sich schwarze Spalten. Der König der Unterwelt beobachtete mit Bangen das Licht, das durch die aufgesprungene Erdrinde in die ewige Finsternis seines Reiches drang. Zischend verdampften die Flüsse, auch die Berge wurden bis zur Weißglut erhitzt und zerfielen in Staub. Phaethon sah die Trümmer der brennenden Welt. Die brandheiße Luft stach ihn in Mund und Lunge, der Wagen unter ihm glühte. In Afrika, wo der Sonnenwagen sich zur Erde neigte, schwärzte sich die Haut ganzer Völkerschaften, und es entstanden riesige Wüsten. Sogar das Meer kochte, und die Fische versteckten sich am Meeresgrund. Die gepeinigte Erde aber flehte zum Göttervater Zeus, sie zu retten. Zeus erhörte die Bitte der

Mutter Erde, schleuderte seinen Blitz und stieß Phaethon vom Sonnenwagen hinab. Da scheuten die Pferde und rissen sich aus dem Joch. Phaethon aber stürzte besinnungslos durch den glühenden Raum zur Erde.

Wassernixen fanden den toten Phaethon und begruben ihn. Vater Helios verhüllte in tiefer Trauer sein Antlitz, und mitten am Tage wurde es Nacht, erhellt nur von den Bränden, die von der Erde zum Himmel loderten.

Phaethons Mutter irrte lange durch die Welt und suchte das Grab ihres Sohnes. Als sie es endlich fand, küßte sie weinend die Erde, unter der ihr Sohn lag. Auch Phaethons Schwestern erfaßte großer Kummer. Sie weinten und klagten monatelang. Da fühlten sie, daß sie nicht mehr von der Stelle konnten, die Füße waren im Boden festgewachsen, verzweifelt rauften sie sich die Haare, und statt der Haare raschelten Blätter unter ihren Fingern. Sie wurden zu Bäumen. Ihre Mutter wollte sie retten und riß ihnen die sprießenden Zweige aus. Da quollen Tropfen aus den Wunden und erstarrten an der Sonne zu Bernstein. Die Schwestern hatten sich vor Schmerz in Erlen verwandelt.

Der Sonnengott trauert bis heute um seinen Sohn. Abends nach Sonnenuntergang tropfen aus den Sternen, den Silberaugen des Nachthimmels, Tränen. Die Menschen nennen sie Tau.

Griechisches Märchen der Antike

VII. Anhang

Dietrich Steinwede
Inhaltsbeschreibungen

Die große Sintflut – Märchen der Indios
(Seite 12)

»Es kümmert mich nicht die Bohne«, sagt man wohl und will damit anzeigen, daß eine Bohne ein winzig kleines, unbedeutendes Ding ist. In diesem Indiomärchen von der alles verschlingenden Urflut (Sintflut) – viele Mythen der Völker kennen sie – ist die Bohne, die der allein übriggebliebene Mensch, der Junge Hikuli, pflanzte, nachdem die Wasser wieder sanken, das Wichtigste: Symbol des Neuwerdens der kreatürlichen Welt aus winzigem Anfang.

Auf dem Baum Seiba (seiner ›Arche‹), der immer noch ein wenig höher zu wachsen vermochte als die höchste der Fluten, hat der Knabe überlebt. Macht zur Vernichtung von Mensch und Tier war der göttlichen Riesin Nakava gegeben (vgl. das in 1. Mose 6,1–4 über das Riesengeschlecht aus der Verbindung von Göttersöhnen mit Menschentöchtern Gesagte!). Gerechtigkeit in der Natur und unter den Menschen sollte wiederhergestellt sein: Nicht sollten die Stärkeren die Schwächeren besiegen!

Sintflut: Alles ertränkendes Chaoswasser, Dunkelwasser, Mordwasser...!

Das Lied des Zauberregens – Märchen der Buschmänner
(Seite 14)

Der Regenzauberer wird durch das Lied, das ein Junge auf seinem Instrument spielt, beschworen, Regen zu senden. Der Junge durfte das Lied nicht spielen. Denn: Der Regen ist böse. Er fährt auf die Menschen herab, läßt sie vor Angst erzittern, reißt ihnen die Haut vom Leibe... Angstwasser, Chaoswasser! Dann aber löst sich alles. Noch einmal sind die Menschen der Strafe des allmächtigen Regens entgangen.

»Ehe man sich's versah, kam ein großer Regen« (1. Könige 18,45). »Sie saßen zitternd wegen des strömenden Regens...« (Esra 10,9). Buschmänner der Kalahari im südlichen Südwesten Afrikas erzählen dieses Märchen.

Das Märchen vom Wassermann – Joseph von Eichendorff

(Seite 16)

Die deutsche Romantik meldet sich zu Wort in diesem Märchen vom dunkel-verschlingenden, geheimnisvoll mächtigen Wasser.

Ein frommer Ritter mit einer schönen, klugen Tochter namens Ida, deren Sinn indes nur auf weltliche Dinge geht – nachts spaziert sie, trotz der Warnungen des alten Burgvogtes vor dem schauerlichen Wassermann, allein im Wald umher –, kommt zum Sterben. Er vermacht der Tochter einen mit geheimnisvollen Eigenschaften versehenen schweren goldenen Ring, der sich bald trübt.

Ida hat mit den Schätzen, die sie nach dem Tod des Vaters in den Burgverliesen vorfand, die alte Burg abbrechen, eine neue mit blendendweißen Mauern, mit Gärten und Wasserkünsten, errichten lassen. Darin feiert sie mit Freiern aus Ost und West die ausgelassensten Feste. Doch kein Bewerber vermag ihre Gunst zu erlangen. Der Ring wird immer finsterer. Sie wirft ihn in den Fluß.

Ein schöner, in wasserblaue Seide gekleideter Ritter taucht plötzlich auf. An seiner Hand trägt er den Ring. Ida verfällt ihm – und damit der leichenhaften Dunkelheit des Wassers...

Schön, totenblaß, sehen Wanderer seit dieser Zeit gelegentlich mittags aus dem Strom ein junges Mädchen mit halbem Leibe sich über das Wasser emporheben. Die Burg aber ist verfallen...

Der Fischer und die Donaunixe – Tschechisches Märchen

(Seite 21)

»Einmal im Jahr, in einer klaren Juninacht, kommt die Donaunixe ans Ufer, um zu tanzen. Sie tanzt, als schwebe sie auf dem Mondschein, so leicht, daß sie keinen einzigen Tautropfen von den Halmen streift. Sie sitzt am Ufer und singt. Wehe dem sterblichen Menschen, der sich von ihrem Lied verlocken läßt.«

Einem jungen Fischer an der Donau wird sie zum Verhängnis. Da war ein Licht in der Tiefe, ein seltsamer, eigenartiger Schein. So plötzlich stand die Tochter des Donaukönigs vor ihm, so überirdisch schön, daß auch jeder andere Mensch dieses Wesen bis zu seinem Tode nicht hätte vergessen können.

Zaubermacht des Wassers. Das Frühlingseis des Flusses bricht. In einer Juninacht rudert der junge Fischer traumverloren in die Strömung und – ward nicht mehr gesehen.

»Uns hebt die Welle, verschlingt die Welle, und wir versinken« (J. W. von Goethe).

Kemanta – Märchen der Indios

(Seite 24)

Jeden Wassertropfen trocknet er ab, vor dem Regen versteckt er sich, und wenn die anderen Jungen im Wasser tollen, läuft er davon: Der Indianerjunge Kemanta fürchtet das Wasser.

Aber der Meeresgeist hilft. Plötzlich ist alles anders: Die Dorfbewohner sind erstaunt, als sie Kemanta eines Morgens ins kalte Wasser laufen sehen, in dem er versinkt. »Er ist ertrunken«, rufen sie entsetzt.

Doch Kemanta taucht wieder auf, reitet jauchzend auf den Wellen, springt lachend in die Höhe, läßt sich wieder fallen. Und dann geschieht es: Kemanta wandelt sich, ihm wachsen Flossen – er wird ein Delphin. Der Mensch hat sich dem Wasser vermählt.

»Da sind große Fische, die du gemacht hast, um damit zu spielen« (Psalm 104,26).

Das Mädchen aus dem Apfelbaum – Böhmisches Märchen

(Seite 27)

Auf der Jagd in der Wüste verirrt, findet ein dürstender junger König einen Baum mit drei Äpfeln. Zwei davon schneidet er auf; jedesmal springt ein Mädchen heraus, fleht mit trauriger Stimme um Wasser.

Schnellen Pferdes erreicht der König einen Fluß. Hier schneidet er den dritten Apfel auf. Wieder springt eine junge Frau, schöner noch als die anderen, heraus: »Wasser! Bitte, gib mir Wasser!«

Der König benetzt sie, verliebt sich. Sie will ihm angehören, wird aber von einer bösen Hexe in den tiefen Fluß gestoßen.

Die Hexe weiß sich für die Braut auszugeben, weiß den König zur Heirat zu zwingen. Der aber ist voller Trauer. Eine Taube bringt ihm Kunde von der Liebsten in des Flusses tiefer Nacht.

Als die Taube, von der Hexe verfolgt, sterben muß, fallen drei Blutstropfen zu Boden. Ein Apfelbaum wächst daraus. Der Gärtner holt eine späte Apfelblüte in sein Haus – es ist das Mädchen. Wieder bittet es um Wasser. Der König erfährt davon, gewinnt das Mädchen für immer, befreit auch die Schwestern. Die Hexe muß sterben.

Erlösendes Wasser hat alles vermocht. An eine Quelle wurde der König geführt, an eine Quelle, »deren Wasser Leben spendet« (Offenbarung 7,17).

Die Rosenwasserquelle – Märchen aus Korsika

(Seite 33)

Märchenmotive und Elemente neutestamentlicher Wundergeschichten mischen sich auf seltsame Weise in diesem Text, der auch eine Marienlegende ist.

Ein reicher Mann wird blind. Unter seinen drei Söhnen verspricht er dem, der ihn zu heilen vermag, alles Hab und Gut.

Die drei wandern und fragen. Zwei von ihnen versagen am entscheidenden Ort. Sie begegnen der Jungfrau Maria mit ihrem

Kind. Sie erkennen nicht, wen sie vor sich haben, reagieren auf freundliches Fragen unfreundlich, barsch, hart.

Der dritte (der jüngste) aber – das Märchen in seinem Dreischritt will es so – reagiert in der Begegnung mit Maria menschlich, voller Liebe. Er bleibt vor den Gefahren, die die Rosenwasserquelle birgt, bewahrt. Er kann von dem Wasser des Lebens holen, um es dem Vater zu bringen.

Der aber ist inzwischen gestorben. Doch dies bleibt ohne Bedeutung. Das Wasser der Rosenwasserquelle erweckt zum Leben. Alle jubeln. Alle sind froh.

Das Ganze ist, wenn man so will, eine in Südeuropa christlich überformte Version des Grimmschen Märchens vom Wasser des Lebens.

Schawenis und das Wasser des Lebens – Indianermärchen

(Seite 35)

Schawenis ist das schönste Mädchen im Indianerdorf, und sie webt die schönsten Gewänder – darüber wird sie eitel und hochmütig. Alle Heiratsbewerber weist sie ab, auch den Narbigen, der in tiefer Liebe zu ihr entbrannt ist. Hohn und Spott schüttet sie über ihn aus, verletzt ihn zutiefst.

Da wird Schawenis krank auf den Tod. Nur das Wasser des Lebens, so ein alter Medizinmann, kann sie noch retten.

Der Narbige macht sich auf, entdeckt nach unendlichen Mühen in der Wüste das Wasser des Lebens, bringt es der Todkranken – und gewinnt eine gewandelte Schawenis als Frau für sein Leben.

Das Wasser des Lebens – A. J. Liebeskind 1786

(Seite 41)

»Gott hat mich gesandt, dir das Wasser des Lebens zu bringen«, spricht der Engel des Herrn zu König Salomo, der angesichts der Kürze des Lebens über die geringen Möglichkeiten, die Früchte seiner Weisheit genießen zu können, Klage geführt hat.

Salomo braucht nur aus dem dargebotenen Gefäß zu trinken – und er wird ewig leben... Viele raten ihm: »Trink!« Er aber verzichtet: »Ich würde allein bleiben. Meine Frauen, meine Kinder, all meine Freunde, sie würden dahinsterben. Welche Reize kann eine Unsterblichkeit haben, deren Los eine unaufhörliche Trauer ist?«

Salomo kennt seinen Weg. Er läßt das Lebenswasser im Gefäß des Engels vertrocknen: »Ich will nicht ewig in diesem Tal der Torheit bleiben. Die Erde ist nicht dazu geschaffen, unsterbliche Kinder zu tragen. – Bei dir, Herr, allein ist Weisheit und Verstand.«

Warnung vor dem Feuer – Chinesisches Märchen

(Seite 43)

Dieses kleine Märchen des Buddhismus erzählt ganz unmittelbar von der Gefahr, die dem Menschen durch eine plötzliche, sein Haus verzehrende Feuersbrunst droht.

Eine Frau in rotem Kleid (die Göttin des Feuers) warnt einen Reisenden, der sie freundlich mitnahm: »Kehre zurück! Morgen brennt es in deinem Haus!«

Der Mann folgt dem Rat, kann seine bewegliche Habe noch eben retten.

Das fressende Feuer von Sodom und Gomorra kommt in den Blick bei dieser Erzählung: »Der Herr ließ Schwefel und Feuer vom Himmel herabfallen« (1. Mose 19,24).

Wie die Tiere das Feuer bekamen – Indianermärchen

(Seite 43)

Ein Funke, der auch bei härtestem Frost Wärme spenden wird, ein goldrotes Flämmchen, das da wächst und wächst und die Kälte vertreibt, das ist das Feuer.

Uralte Angst der Kreatur (Mensch wie Tier) vor dem Kaltsein, vor Frieren und Zittern, spiegelt sich in diesem Tiermärchen:

Feuer vom Himmel hat bei einem Unwetter Stamm und Äste der Sykomore verzehrt.

»Feuer!« ruft der Falke.

»Wie sieht das Feuer aus?« fragen die Tiere.

»Es ist rot und gelb und hat eine singende Stimme!«

»Das Feuer ist unser Freund«, meinen die Tiere.

Indes: Sie erfahren auch den brennenden Schmerz, den das Feuer zu verursachen vermag. Sie erkennen: Das Feuer hat eine überaus große Kraft. Die Tiere bemächtigen sich des Feuers – durch die Hilfe der Spinne. Mit ihren Fäden spinnt sie Glutstückchen ein. »Das Feuer nährt sich von trockenem Holz«, sagt sie: »Es braucht Nahrung!«

Dies alles geschieht, da die Sonnenstrahlen über dem Indianerland tanzen.

Alles Feuer hat zwei Farben:
Rot und Gold in gleichen Garben.
Nur der Weise kann erkennen,
welche wärmen, welche brennen.
Litauisches Märchen

Wie die Menschen das Feuer bekamen – Märchen der Südsee

(Seite 46)

Ein Mann schlägt Äste von einem Baum am Wasser ab, springt einem Zweig, der hinunterfiel, nach, taucht, gelangt in ein anderes Reich, schaut dort ein seltsames Licht – das Feuer. Er ißt Gebratenes, fängt den köstlichen Duft der Speisen auf, ißt und ißt...

In ein großes Blatt wird ihm das Feuer eingepackt. Der Mann, er heißt E Mkong, kehrt damit ans Tageslicht zurück. »Seht«, sagt er zu den anderen Menschen, »ich habe euch das Feuer gebracht. Es lockt den Duft aus dem Essen hervor, macht es gut für die Zunge und warm für den Magen.«

Es kommen und gehen die Tage. Wenn die Nacht kommt, brennt das Feuer. Die Menschen sitzen da, plaudern, essen...

Der Elefant und das Feuer – Afrikanisches Märchen

(Seite 49)

»Wehe, wenn es entfesselt ist, dann explodiert das Feuer. Dann brüllen die Flammen mit entsetzlicher Wucht. Sie stürzen sich nieder und umzingeln alles in einer glühenden Umarmung.«

Die Elefanten, die das Feuer in ihrem Dorf gegen dessen Willen mit Bier und Palmwein trunken gemacht haben, müssen das voller Entsetzen erfahren. Mit fürchterlichem Geschrei fliehen sie, aber sie werden von den Flammen eingeschlossen und müssen verbrennen. Nur der Leitelefant erreicht das rettende Wasser. Böse Macht des Feuers ...

Dieses Lehrmärchen des afrikanischen Stammes der Lega (im östlichen Zaire) polemisiert auch gegen das Trinken und die Trunkenheit: »Die Trunkenheit ist immer eine böse Sache. Das Trinken tötet mehr als das Schwert und – es tötet die Freundschaft.«

Feuerbrand und Mais – Indianermärchen

(Seite 52)

Das Feuer kann gute Wirkungen haben. Dort, wo es verbrennt, z. B. in der Prärie, kann aus verbrannter Erde Neues wachsen, z. B. eine hohe schlanke Pflanze mit gelbem Fruchtkolben: Mais!

Davon erzählt dies Indianermärchen aus einer Zeit, da die Welt noch jung war. Einer unter den Indianern jener Anfangszeit war ganz allein. Doch ein schönes schlankes Mädchen in grünem Rock und hellen Haaren (Symbol für den Mais!) hatte ihm ständige Gegenwart versprochen, hatte ihn dazu ermuntert, zwei trockene Hölzchen möglichst schnell über einem Häufchen trockenen Grases zu reiben.

Ein Funke war hervorgesprungen, und dann ein Feuer, das wie ein Pfeil über die mit verdorrtem Gras bedeckte Prärie eilte ...

Das kleine Mädchen mit den Schwefelhölzchen – Hans Christian Andersen

(Seite 53)

Für wenige Augenblicke schenken aufflammende Schwefelhölzchen einem obdachlosen, nacktfüßigen, im Winkel eines Hauses kauernden Kind in der entsetzlich kalten Silvesternacht Visionen von Wärme, Licht, einem großen eisernen Ofen, einer duftenden Bratgans auf weißgedecktem Tisch, auch die Vision eines Weihnachtsbaumes mit Tausenden von Lichtern.

Doch es sind in der Tat nur Visionen. Die Großmutter war mild und liebevoll zu dem Kind gewesen. Aber sie starb. In der letzten Flamme des letzten Hölzchens entschwebt das Kind zur Großmutter – zu Gott.

Feuer: Wärme. Lebenselement! Fehlendes Feuer: Kälte. Tod!

Tot, erfroren ist das Kind an des alten Jahres letztem Abend.

Wie sich das Feuer an einem lebendigen Herzen entzündete – Sibirisches Märchen

(Seite 56)

»Das Feuer ist da. Es ist heilig. Du darfst es nicht beleidigen. Sei freundlich zu ihm!« Das ist die Lehre dieses visionären Märchens sibirischer Selkupen.

Die Männer sind auf der Jagd. Am heimischen Herd trifft ein Funke das Kind einer Frau. Sie macht dem Feuer Vorwürfe. Voller Zorn gießt sie so lange Wasser in ihr Feuer, bis es erlischt.

Da aber friert das Kind. Die Frau läuft ins Nachbarzelt, dort neues Feuer zu holen. Aber das Feuer im Nachbarzelt erlischt. Und so auch in allen anderen Zelten... Da ist die Frau zu Tode erschrocken. Eine Greisin fleht für sie: »Herrin des Feuers, wir tun alles, was du befiehlst, aber brenne wieder!«

»Nur ein Menschenherz kann mich wieder entzünden«, lautet die Antwort.

Da opfert sich die Frau, läßt sich von der aschgrauen Herrin des Feuers in die neu auflodernden Flammenarme nehmen...

»Heilig ist das Feuer im Herd. Es gibt uns allen Leben. Es leuchtet, wärmt und nährt. Wenn das Feuer erlischt, ist es, als wäre die Sonne erloschen. Wir müssen frieren und eines bösen Todes sterben.«

Brenne, Holz, und glühe, Glut.
Asche werde, was drauf ruht.
Asche werde auch dein Stolz.
Glühe, Glut, und brenne, Holz.
Märchen der Südsee

Die zerstrittenen Hüter des Feuers – Litauisches Volksmärchen

(Seite 60)

Ein Feuermythos entfaltet sich. Ugniedokas und Ugniegawas, die engelgleichen Schmiede der Unterwelt – wenn sie arbeiten, brechen die Vulkane aus –, haben den Menschen das Feuer, die Hufeisen, auch die Kunst, ebenso nützliches Werkzeug wie Waffen zu schmieden, gebracht.

In den ausbrechenden Menschenkriegen retten sie einen König, indem sie ihn dem Zugriff seiner Feinde durch eine Flammenwand entziehen. Nur *eine* Königstochter ist danach zu vergeben. Ugniedokas erhält sie, zeugt mit ihr drei Töchter. Ugniegawas entbrennt in Neid und Zorn. Doch auch ihm werden nach Heirat mit einer Menschenfrau drei Kinder geboren: Söhne!

Herangewachsen begegnen die Söhne den Töchtern. Von einer unsichtbaren Macht getrieben, verfallen sie einander, werden zu roten Vogelpaaren mit purpur-goldenem Gefieder, fliegen auf, verschwinden hinter den Baumkronen.

Die Väter, ihrer Kinder verlustig, wollen einander bekämpfen, indes erst, wenn alle Sterne am Himmel verbrannt sind. Das aber – zum Glück – steht noch aus.

Feuer und Streit, Feuer und Friede...

Der Zauberer ›Großes Feuer‹, ›Weiße Wolke‹ und ›Schnee‹ – Indianermärchen

(Seite 67)

Wenn er tief ausatmet, lodert der Feueratem des mächtigen Zauberers ›Großes Feuer‹ bis in die Wolken hinauf. Er vermag ›Weiße Wolke‹, die Geliebte des Sonnenballs, so in seine Gewalt zu bringen, sie in einer tiefen, finsteren Höhle – unerreichbar für jeden Sonnenstrahl – zu verbergen. Zu tief ist die Sehnsucht nach einer Gefährtin, die ihm seine Einsamkeit versüßen sollte, in ihm gewesen.

›Großes Feuer‹ zeugt mit ›Weißer Wolke‹ die alabasterne Tochter ›Schnee‹. In einem unbewachten Augenblick entflieht ›Weiße Wolke‹ – der Wind half ihr – dem ungeliebten Gemahl. Der schnaubt in ohnmächtigem Zorn, hütet die Tochter ›Schnee‹ nur desto mehr. Das Tor zur Höhle aber birst. ›Schnee‹ erblickt das Tageslicht, den Sonnenball, wird von unnennbarer Sehnsucht erfaßt: Welche Schönheit: Blaue Berge, grüne Ebenen, silberne Flußbänder, das Meer...

›Schnee‹ entweicht. Der Sonnenball küßt sie. Da wird sie zu kristallklarem Wasser, das den Berg hinabläuft und sich als Wildbach brausend ins Tal stürzt. Ein Wasserfall ergießt sich in den See – ein Regenbogen wölbt sich.

Mit diesem Band vermag ›Weiße Wolke‹ den Zorn des Zauberers ›Großes Feuer‹ zu versöhnen. Von nun an herrscht Frieden im ewigen Kreislauf von Schnee, Feuer (Sonnenhitze), Wasser und Wolke. Die Regenbogenbrücke verbindet alle Elemente.

Phaethon – Griechisches Märchen der Antike

(Seite 71)

Phaethon, Sohn des Sonnengottes Helios, wird, unter Menschen lebend, von ihnen in seiner Göttlichkeit angezweifelt. Er sehnt sich nach dem Vater, besucht ihn in seiner gen Himmel brennenden Burg und wünscht sich, einmal den himmlischen Feuerwagen ›Sonne‹ lenken zu dürfen.

Nur widerstrebend willigt der erschrockene Vater ein – und schon nimmt das Unglück seinen Lauf: Der Sohn vermag die wilden Feuerpferde am Sonnenwagen nicht zu halten. Erdwärts rasen sie – und die Welt beginnt zu brennen, droht im Feuersturm unterzugehen. Da schleudert Göttervater Zeus den unglücklichen Phaethon mit einem Blitz vom Sonnenwagen. Der stürzt und stirbt.

Helios aber trauert bis heute um seinen verlorenen Sohn.

Wolfgang Longardt

Spiel- und Gestaltungsvorschläge

Die nachfolgenden Anregungen sind für Kindergruppen und Schulklassen gedacht, die etwa zu einem Fest oder zum Abschluß einer Klassenfahrt ein Märchen zur Symbolik von Feuer und Wasser spielend gestalten wollen.

Im Umsetzen in ein Stegreifhörspiel, eine Erzählpantomime, ein Schnipselspiel, eine Verklanglichung mit Orff-Instrumenten usw. geschieht unversehens eine intensive Auseinandersetzung mit den Märchensymbolen. Statt einer Reihe flüchtiger Eindrücke können so vertiefte Einsichten gewonnen werden.

Märchen wollen uns nicht nur oberflächlich unterhalten, nein, sie können unsere Tiefenschichten erreichen, die der Kinder wie die der Erwachsenen. Im Spiel kann sich die Kernaussage eines Märchens stärker erschließen als im gemeinsamen Gespräch. In der Muße des Spielens und Nachgestaltens kann uns deutlich werden: Märchen bebildern seelische Grunderfahrungen.

Die kreativen Vorschläge vom Singspiel bis zum Tücherspiel sind nicht nur, wie nachfolgend skizziert, bei diesen Märchen anwendbar, sondern auch bei manchem der anderen dieses Taschenbuches.

Erzählpantomime zum Märchen der Indios »Die große Sintflut«

Soll nach dem Erzählen und einem ausführlichen Nachgespräch mit den Kindern das Ganze vielleicht in einer Erzählpantomime nachgespielt werden, so gilt es, zunächst die wichtigsten Rollen zu klären und zu verteilen: Der junge Hikuli und die Riesin Nakava sind Solorollen. Als Gruppen treten auf: die habgierigen Nachbarn und die Jäger.

Gewiß ist auch der Laubbaum von mehreren Kindern darzustellen, ebenso später der Baum Seiba. Auch Mond und Wasser bieten reizvolle pantomimische Aufgaben für die Kinder. Vielleicht kann ein Kind auch die Rolle des Erzählers übernehmen?

Szene I: Der Erzähler berichtet von Hikuli, von seiner Arbeit mit den Bohnen auf dem Feld und von den habgierigen Nachbarn. Leicht läßt sich das Geschehen in pantomimischen Aktionen darstellen.

Szene II: Nun wird erzählt von Hikulis Leben im Urwald und wie er wegen der bösen Jäger seinen Hunger doch nicht stillen kann.

Szene III: Jetzt, weit weg von den Menschen, kommt es zur Begegnung mit der Riesin Nakava, die vielleicht auf einem erhöhten Standort erscheint. Die Riesin kündigt die Flut an und gibt den Rat, die letzte Bohne aufzubewahren.

Szene IV: Nun kommt die Flut. Wasser bedeckt alles, aber Hikuli rettet sich auf den Baum Seiba, der gewiß auch von mehreren Kindern dargestellt wird. (Notfalls wird ein Tisch zu Hilfe genommen.)

Schlußszene: Der Erzähler berichtet vom Ende der Flut und vom neuen Anfang. Der Mond läßt das Wasser sinken, und Hikuli pflanzt seine Bohne. Voller Vertrauen wartet er auf das neue Wachsen...

Szenisches Spiel mit farbigen Tüchern zum Indianermärchen »Schawenis und das Wasser des Lebens«

Wo nach dem Erzählen dieses Märchens mit den Kindern ein kleines szenisches Spiel gestaltet werden soll, bietet sich, gerade für diese Geschichte, der Einsatz von Tüchern unterschiedlicher Farbe an:

- dunkle Tücher für die Szene des Elends und Hungers;
- vielfarbige Tücher für alles Gewebte und die Hochzeitsstoffe;
- gelbe Tücher für die Wüste;
- blaue Tücher für das Wasser des Lebens.

Szene I: Schawenis klagt über Armut und Elend. Sie will Baumwolle sammeln und das Weben erlernen. Bald gelingen ihr immer schönere Tücher und sogar Tanzschärpen.

Szene II: Neugierige drängen heran. Schawenis beginnt, Tücher zu verkaufen. Die Frauen zahlen gut; die Armut ist vorbei. Sie webt immer mehr, doch der Erfolg macht Schawenis hochmütig. Als junge Indianer kommen und mit anderen bunten Stoffen für ein Brautgewand um sie werben, weist sie alle höhnisch zurück: »Geht weg, ich kann mir die schönsten Gewänder selbst machen, ich brauche weder euch noch eure Stoffe!«

Szene III: Weil Schawenis' Hochmut sich immer mehr verstärkt, reden die Leute besorgt über sie. »Nur noch Reichtum scheint für Schawenis wichtig zu sein«, klagen die Leute. »Ob dieser Hochmut am Ende bitter bestraft wird?«

Szene IV: Ein Indianer, der nach einem Bärenkampf Narben im Gesicht trägt, will Schawenis trotz allem heiraten. Er liebt sie wirklich. Doch als er ihr das Hochzeitsgewand bringen will, verlacht und verspottet sie ihn wegen seiner Narben. Ja, sie verjagt ihn.

Szene V: Schawenis liegt krank. Drei Geister kommen (in

dunklen Tüchern gut darstellbar) an ihr Bett; sie bringen Krankheit, Elend und Tod heran. Unter Blitz und Donner entschwinden sie (aber das Bett ist mit dunklen Tüchern bedeckt). Schawenis kann nicht mehr aufstehen, auch nicht mehr reden. Trostlos ist ihr Zustand.

Szene VI: Schawenis' Mutter ruft den ersten Medizinmann, doch dessen Mühe ist vergebens. Ein zweiter, noch berühmterer, kann Schawenis wenigstens die Sprache wiedergeben. Mit leiser Stimme hört man sie sagen: »Schon drei Nächte lang höre ich, wie die Toten mich rufen. Muß ich wirklich sterben?« Der Medizinmann und Zauberer an ihrem Bett meint: »Wenn dein Stolz, dein Hochmut gebrochen ist, dann gibt es noch ein Mittel: Liebe brauchst du, echte Liebe.« Da eilt der narbige Indianer herbei, er liebt Schawenis noch immer, er will alles für sie tun. Der Zauberer sagt zu ihm: »Geh in die Wüste, such, wo dort im Verborgenen das Wasser des Lebens strömt. Bring es zu Schawenis.«

Szene VII: Zwischen Wüstensand und Steinen irrt der Indianer umher. Er sucht bis zur Erschöpfung. Nach Tagen fällt er erschöpft zu Boden und schläft ein. Im Traum hört er Schawenis singen. Als er wieder erwacht, beginnt er zu graben. Unter einem Stein findet er das heilkräftige Wasser. Als er sein Gesicht darin wäscht, verschwinden seine Narben: »Dieses Wasser kann auch Schawenis heilen.« Er füllt einen Krug und läuft zurück.

Schlußszene: Schawenis scheint schon im Sterben zu liegen. Doch der Trunk vom Wasser des Lebens läßt sie gesunden. Sie kann aufstehen, da erkennt sie das nun narbenlose Gesicht des Indianers. Er sagt zu ihr: »Das Wasser des Lebens hat mein Gesicht heil gemacht.« Der Medizinmann und Zauberer aber fügt hinzu: »Dieser Mann liebt dich wirklich, das ist deine Rettung. Er holte für dich das Wasser des Lebens. So haltet nun Hochzeit, aber Hochmut soll in euren Herzen keinen Raum gewinnen.«

Schattenspiel zum Märchen »Das Wasser des Lebens« von J. A. Liebeskind

Früher kannte man ausschließlich die Schattenspieltechnik, hinter einer weißen Stoffwand im Licht einer starken Lampe zu spielen. Seit einigen Jahren setzt sich aber eine andere Schattenspielweise durch, vgl. die Einführung dieser Schattenspielart in: Wolfgang Longardt: »Spielbuch Religion« (Verlag Ernst Kaufmann), bei der man mit schräggestellter Lichtquelle, die auf dem Boden steht, in 1–1,5 m Abstand *vor* einer weißen Spielfläche agiert – diese helle Fläche kann auch eine Wand, eine Mauer sein. Im Licht eines einfachen Diaprojektors sieht man reizvollerweise alles zweifach: vorn die Akteure; hinten – deutlich höher und vergrößert (durch die schräggestellte Lichtquelle) – wirken ihre Schatten besonders eindrucksvoll.

Besteht nach dem Erzählen und einer kleinen Gesprächsrunde die Absicht, aus unserem Märchen ein Schattenspiel mit einfachen Körperbewegungen zu machen, so kann das Ganze folgende Rollen haben:
den König Salomo;
den Engel Gottes mit dem Gefäß;
die Gruppe der Wesire und Hofberater sowie
den weisesten Berater Butimar.

In langsamen, konzentriert ausgeführten Gebärden (bei denen sich in dieser Schattenspieltechnik jedes Kind selbst sehen und kontrollieren kann) gilt es nun, zu den Worten einer Erzählerin oder eines Erzählers sowohl die Klage des Königs Salomo, seine Begegnung mit dem Engel, wie auch die große Beratung darzustellen.

Schattenszene 1:
In der Klage des Königs Salomo kann auch das Aufblühen und Verwelken einer Blume durch Arm- und Handbewegungen bzw. mit dem ganzen Körper dargestellt werden. Der Engel sollte wegen der besseren Schattenwirkung entweder ein halbgefülltes Glasgefäß tragen oder eine aus festem Karton geschnittene Krugsilhouette. Er setzt das Gefäß zu Füßen Salomos ab und geht. Langsam kann man die Szene abdunkeln, indem ein Stück Pappe vor die Projektorlinse geschoben wird.

Schattenszene 2:
Jetzt treten in langsamen Bewegungen die Berater zum König. Aus den Worten des Erzählers erfahren wir, daß sie dem König zuraten, ihn ermuntern, den Trunk der Unsterblichkeit zu nehmen. Aber Salomo schickt alle fort und beauftragt einen Diener, den weisen Butimar zu holen.

Schattenszene 3:
Man sieht bei sparsamen Gebärden Salomo und Butimar im Gespräch. Als die Entscheidung gegen den Trunk fällt, wird von beiden entdeckt, daß die Flüssigkeit im Gefäß inzwischen verdunstet ist; es ist schon leer. Salomo kniet nieder zum Dankgebet. Langsam kann die Szene, wie oben beschrieben, abgedunkelt werden.

Singspiel zum chinesischen Märchen »Warnung vor dem Feuer«

Ist das Märchen erzählt oder vorgelesen, so bietet das nachstehende, neunstrophige, kleine Singspiel eine gute Vertiefungs- und Gestaltungsmöglichkeit. Entweder malt man zu jeder Strophe ein Bild und führt das Ganze zum Strophengesang wie eine Moritat vor, oder man deutet die Handlung während des Singens in knappen pantomimischen Darstellungen an. Auch ein rein musikalischer Vortrag ist denkbar, bei dem die jeweiligen ersten Textzeilen von Solostimmen gesungen werden, während die Zeilen der Schlußwiederholung einem kleinen Chor der Kinder übertragen werden.

Strophen: Text und Melodie: Wolfgang Longardt

Zwischenvers:

2. Er ließ zurück den Heimatort
und war ein gutes Stück schon fort,
ǁ: da sah der Mann am Wegesrand
ein Mädchen, das dort winkend stand. :ǁ
3. Sie trug ein feuerrot Gewand
wie niemand dort im ganzen Land.
ǁ: Sie bat: »Nimm mich doch mit ein Stück,
vielleicht ist dies am End dein Glück.« :ǁ
4. Er willigt ein und tat es gern,
ein bös Gedanke war ihm fern.
ǁ: Nach Stunden bat sie ihn: »Halt an,
du bist ein edler, guter Mann. :ǁ
5. Die Feuergöttin steht vor dir
und mahnt: Kehr um zu deiner Tür.
ǁ: Dein Haus ist heute in Gefahr,
hör auf mein Wort und nimm's für wahr. :ǁ

6. Das Feuer wird dein Haus verzehrn,
drum sollst du eilig heimwärts kehrn.
||: So hör auf diesen Rat von mir
und spute dich, das rat' ich dir.«:||

(Alle singen wieder den Zwischenvers: »Gebt nun acht, wie's weitergeht...«)

7. Der Mann kehrt um zu seinem Haus,
schafft alle Schätze rasch heraus.
||: Die Kleider, alles Hab und Gut,
die Leute wundert's, was er tut.:||
8. Schon wollte er zur Ruhe gehn,
da waren Flammen hell zu sehn.
||: Vom Herd her brach das Feuer aus,
es brannte schnell das ganze Haus.:||
9. Der Mann sprach drauf: »Wie wundersam,
daß diese Warnung ich bekam.
||: Wie rasch sich wendet das Geschick,
wie nah sind Feuersnot und Glück!«:||

Reißfiguren- und Schnipselspiel zum Indianermärchen »Feuerbrand und Mais«

Zunächst müssen als Spielvorbereitung aus etwas festerem Papier oder Zeichenkarton unsere beiden Hauptfiguren gerissen werden: der einsame Indianer und das Mädchen. Sollten im Reißen ungeübte Kinder bei ihren Bemühungen versehentlich einmal einen Arm oder ein Bein ihrer Reißfigur abtrennen, so wird das Teil eben wieder angeklebt. In jedem Fall wirken gerissene Figuren selbst im Fall einer »Vorzeichnung« urwüchsiger, als wenn sie mit der Schere ausgeschnitten werden.

Für das kreative Nachspielen der Märchenszenen sind daneben noch allerlei farbige Papierschnipsel nötig. Man räume also mehrere Papierkörbe aus, sortiere die Farben und zerstückele die Papierabfälle. Für Funken und Flamme werden rötliche, gelbe bis violette Schnipsel gebraucht, grüne und braune für Prärie und Wald, schließlich auch braune für die Holzstöckchen, aus denen das Feuer gerieben wird. Gelb-grüne Schnipsel sind brauchbar für den zarten, jungen Mais.

Zu wenigen, knappen Sätzen einer Erzählerin oder eines Erzählers bewegen die Kinder die Figuren und legen die jeweilige Kulisse. Wenn die Funken kommen, werden einfach rote Schnipsel auf die Szene geworfen. Die Mädchenfigur läßt sich auch leicht über der Szene schwebend hin und her bewegen. Die Kinder werden aber zur Schlußszene besondere Freude haben, das Feld mit aufkeimendem jungen Mais gelb und grün zu gestalten. Vor Freude tanzt der Indianer.

Nachbemerkung: Zumeist wollen Kinder nach einem Schnipselspiel, das zunächst wegen seiner Bewegungs- und Mitspielchancen vielen Spaß gemacht hat, die einzelnen Szenen doch nochmals auf mehreren Zeichenkartons Bild für Bild festkleben. Innerhalb einer Klassenreise oder einer Kindergruppen-Freizeit tun wir Erwachsenen also gut daran, dafür auch Kartons und Klebstoff bereitzuhalten, sowie eine besondere Zeitspanne einzuplanen.

Quellennachweis

S. 12 und 24: aus: Märchen der Indios, erschienen im Verlag Werner Dausien, Hanau, in der Reihe »Märchen der Welt«. – S. 14: Märchen der Buschmänner, erschienen im Verlag Werner Dausien, Hanau, in der Reihe »Märchen der Welt«. – S. 16: aus: Dichtermärchen aus aller Welt, Die bunte Märchenreihe, Bd. 2, Rudolf Trauner Verlag, Linz/Donau 1974. – S. 21 und 67: aus: Das Wasser des Lebens, erschienen im Verlag Werner Dausien, in der Reihe »Märchen der Welt«. – S. 27 und 52: »Das Mädchen aus dem Apfelbaum« und »Feuerbrand und Mais« (Überschrift vom Hg., Originalüberschrift »Wie der Mais auf die Welt kam«), aus: Warum die Bäume nicht mehr sprechen können, erschienen im Verlag Werner Dausien, Hanau, in der Reihe »Märchen der Welt«, © by Jan Vladislav, Frankreich, © der deutschen Übersetzung by Verlag Werner Dausien, Hanau. – S. 33: aus: Die Steinsuppe. Volksmärchen und Erzählungen aus Korsika, gesammelt und herausgegeben von J. B. Frédéric Ortoh, Gustav Kiepenheuer Verlag, Leipzig/Weimar. – S. 35: aus: Was die Zauberpfeife erzählt, erschienen im Verlag Werner Dausaien, Hanau, in der Reihe »Märchen der Welt«. – S. 43: »Warnung vor dem Feuer« (Überschrift vom Hg., Auszug aus dem Originaltitel »Der Feuergott«), aus: Chinesische Märchen, herausgegeben und übertragben von Richard Wilhelm, erschienen im Eugen Diederichs Verlag, München. – S. 43: »Wie die Tiere das Feuer bekamen« (Überschrift vom Hg., Originalüberschrift »Das Feuer«), aus: Indianermärchen, erschienen im Verlag Werner Dausien, Hanau, in der Reihe »Märchen der Welt«. – S. 46: »Wie die Menschen das Feuer bekamen« (Überschrift vom Hg., Originalüberschrift »Wie die Menschen das Feuer und die Nacht bekamen«), aus: Märchen der Südsee, erschienen im Verlag Werner Dausien, Hanau, in der Reihe »Märchen der Welt«. – S. 49: aus: Lino Ballarin: Fabeln aus Afrika, übersetzt von Ido Pizzini, minio aktuell Verlag, Aachen 1988. – S. 53: aus: Andersens Märchen, übersetzt von Eva-Maria Blühm, © Dieterich'sche Verlagsbuchhandlung, Leipzig. – S. 56: »Wie sich das Feuer an einem lebendigen Herzen entzündete« (Überschrift vom Hg., Originalüberschrift »Herrin des Feuers«), aus: Die Kranichfeder, © der deutschen Übersetzung by Der Kinderbuchverlag, DDR–Berlin. – S. 60: aus: Wo der Regenbogen endet, erschienen im Verlag Werner Dausien, Hanau, in der Reihe »Märchen der Welt«. – S. 71: aus: Alte Griechische Sagen, erschienen im Verlag Werner Dausien, in der Reihe »Märchen der Welt«.